旅見人間事

陳玉琳 著

推薦序

文學名家／施叔青

這是陳玉琳的第三本書，她人如其文，熱愛生命，對人世間充滿了強烈的好奇心，加上勤於虛心好學，憑著天賦的觀察力，將身邊瑣事生活百態以素樸而鮮活的文字一一記錄，讓讀者可以從文章中聽到她的輕嘆與笑語。

本書中異鄉見聞佔極大篇幅，她卻是極念舊的，雖久居美國，但對生養她的台灣卻不能忘懷，行文之間總將異國當前的遭遇拿來與記憶中類似的情境前後對照，感懷一番，濃濃的鄉愁有著養樂多酸酸甜甜的滋味，竟成了她的散文的特色。

酷愛旅遊的她，近年推著不良於行的丈夫艱難地上山下海，同伴們見了萬分不忍，難得她並不言苦，反而直書體會出推輪椅的種種竅門，言下還頗為得意，如此胸懷見識為常人所不及，值得讚嘆。

本書的三篇書評所佔的頁數最多，一看就是下了功夫的力作，與那些隨手拈來即興短小的散文自是不同，陳玉琳直入作者內心深處，領略高妙的寫作技巧，隨著情節發展，對人物心理變化細緻的轉折，娓娓道來。日後陳玉琳有志於向小說創作發展，〈人間事〉幾個短篇已可見她的企圖心，但願她能夠把她從書評中的體會運用到自己的小說創作，則佳作的出現勢必指日可待。

推薦序
寫盡天下尋常事，道盡人間最真情

姚嘉為

認識玉琳始於文學社團間的交流，我們同住德州，分屬達拉斯北德州文友社和休士頓美南寫作協會，兩會互通名家演講消息，時相往來。其後我們在北美華文作家協會共事，包括開會、旅遊等活動，接觸日多，見識她的才幹和為人。

她勇於任事，任勞任怨，為人豪爽，重情義。2016年我接任海外華文女作家協會副會長，當時玉琳是北美作協副會長，仍以好友身分拔刀相助，擔任海外女作協副秘書長。兩年共事期間，會務繁重，凡有事請她幫忙，她總是二話不說，當下承擔，全力以赴。

玉琳畢業於師大國文系，文學根柢深厚，曾任高中國文老師。三十年前移民美國後，開始執筆抒懷。從中西部遷居達拉斯後，加入北德州文友社，展現領導才能，擔任文友社社長期間，主辦文學活動，邀請名家演講，主編北德州文友社每週專欄，向北美各地作家文友邀稿，精力充沛，滿腔熱忱。

2018年她出版第二本散文集《歸人絮語》，榮獲僑聯總會華文著述獎散文類佳作。兩年間，爆發驚人的創作力，文章經常見報，即將出版新書，邀我寫序，有幸先睹為快。

本書收錄她近兩年的遊記、散文、短篇小說、讀書心得。從生活中取材，有美國的生活體驗，台灣的生命記憶，雲遊世界的見聞，閱讀好書的心得，內容多元豐富，文字如行雲流水，注重細節描寫。可謂「寫盡天下尋常事，道盡人間最真情」。

同住德州，生活環境和文化習俗相近，她的文章常能引起我的共鳴。「異鄉見聞」讀來不但親切有趣，而且增加我對德州的認識。久居休士頓，每年盛大的「家畜展與牛仔競技賽」，我喜歡嘉年華會式的熱鬧，卻不曾深入了解起源。看了〈牛仔文化與競技賽〉，方知競技賽是從早年牧人與牛馬間的互動演變而來，並進一步認識牛仔文化。復活節尋彩蛋，我當做入鄉隨俗的親子活動，看了〈春來話彩蛋〉，才知還有手繪、蠟製、鏤空蛋雕，等不同的彩蛋製作方式，認識了彩蛋的起源和寓意。

玉琳有敏銳的觀察力和好奇心，在尋常生活中不時有驚喜的發現。〈迷你免費圖書館〉寫她在社區散步，看到鄰居門前的木箱，上寫「Take a Book，Return a Book」，裡面有書。她上網搜尋，登門拜訪，發現這是一個世界性組織，旨在透過世界各地鄰里的圖書交流，激發人們閱讀興趣，激發創造力。又如〈書本的醫生〉是為了修復書殼剝落的大字典，找到這家以手工修復舊書的商店。在越來越少人閱讀紙本書的今日，多麼溫馨感人。

寫親情的文章最為動人，玉琳自幼喪母，與父親相依為命，父女情深。在〈清香晶瑩中的懷想〉中，看到她的孝心和父親對她的影響。從父親只喝茶葉末，點出家境的拮据，她暗暗起誓，將來一定要讓父親喝好茶。她最初不懂茶，不懂水，也不懂沖泡和品茶，後來逐漸愛上茶的色香味。得知父親記憶中的茶味，是祖母用甘泉烹煮的龍井茶，她特地買了軟水機，讓父親喝上好茶。移民美國後，尋找好水沖泡好茶，日日與清茶為伴，閱讀寫作，何嘗不是懷想與父親一起喝茶的歲月，那「記憶中的茶味」。

玉琳常南下休士頓看女兒，我們有機會見面。女兒是環境工程師，聰明開朗，貼心懂事。從她和女兒間的互動中，我能感受到她的欣慰和驕傲。

在〈異鄉稚子情〉中，看到三十年前移民之初，她陪著女兒共度適應期的過程。

女兒國中畢業後，跟隨她移民到美國中西部小鎮，語言不通，還要同時適應環境和學習知識。就讀高中卻沒有為外國學生輔導英文的課程，壓力之大可想而知。她找到附近大學附設的國際語言中心，每天開車接送女兒學英文，補習功課。女兒很爭氣，一學期內趕上課業，也能以流利英語交談。那段日子母女同悲同喜，情感更加緊密。

玉琳和夫婿熱愛旅遊，藉工作之便，暢遊全美及世界著名景點，他們計畫退休後環遊世界，因夫婿身體漸衰，不良於行，計畫受阻。既然和老伴一同旅遊世界是共同的夢想，她決定理性面對。〈推著輪椅去旅遊〉中，她描寫了以輪椅代步旅遊的細節，更多的是老伴享受旅遊的快樂。

遊記以世界文明勝地為主，如法國的諾曼第、楓丹白露、埃及的金字塔、中國的絲路，等。詳盡介紹歷史、地理、人物、現場所聞所見，對歷史過往寄寓無限感慨。在楓丹白露宮的馬蹄型階梯前，緬懷在此稱帝和退位的拿破崙。行經玉門關，面對一片荒涼，對這絲綢之路的重要關隘，肅然起敬。在美國西部的羚羊谷，藉洞頂光線欣賞岩壁變化之美，認識這裡是印地安人視為靜思與大靈溝通的棲息地。

近年來，玉琳拓展寫作領域，開始寫小說，每本書中都有短篇小說新作。書中也有她閱讀當代名家和世界名著的心得感受。從她詳細賞析名著的寫作技巧，看到她向名家取經，更上層樓的自我期許。

這是一本以正面，理性，學習的心態，面對人生的起伏，活在當下，充滿正能量的書。衷心祝福玉琳，持續寫作出書，向著標竿直跑，更上層樓。

自序　愛上寫作的樂趣

2010年我出版第一本書時，好友張琦對我說：「恭喜妳！妳是作家了。」有好長一段時間，我常自我提醒：「要成為作家，只出版一本書是不夠的。」雖然我用這第本書在當年順利通過審核，成為「海外華文女作家協會」的會員，但2011年我參加在武漢舉行的年會時，創會會長陳若曦大姐提議，入會申請標準提高為二本書，於是我告訴自己：「繼續寫！妳還沒達標。」

爾後多年雖然有心再寫，卻因幫助外子忙生意，又得了青光眼，我的第二本書遲至2018年才出版。隨後參加「華僑救國總會」舉辦的華文著述選拔，第二本書《歸人絮語》獲得佳作獎，這份鼓勵使我更有信心與興趣繼續寫作。

自2012年我擔任北德州文友社社長以來，每週須編輯文友社專欄，再加上「海外華文女作家協會」諸多姐妹們的切磋鼓勵，我對寫作興趣更濃。更幸運的是，這些年有許多藝文界成就斐然的前輩，如著作等身的施叔青大姐，時時關切我的寫作情形。勤於筆耕，創作不斷的韓秀大姐，常解答我的疑問並介紹我多讀好書。現任海外華文女作家協會會長姚嘉為也常鼓勵我多寫作。這些關懷與指教都成為我不斷寫作的動力，終於我要再出書了。

2019年底，我開始規劃第三本書的內容，這本書仍以散文為主，共分為六輯：

「第一輯」，以我這兩年的旅遊見聞為主，從2018年底的台灣東海岸之行，到2019年初的埃及、約旦之旅，及同年5月的巴黎與法國南部之遊，以至秋遊絲路，都使我在遊古蹟、賞美景的同時，知性與感性兩方面收穫豐碩。我將回家後寫出的篇章收集在此集中，取名為〈旅見屢愛〉，以記錄我旅遊時的見聞與感受。

人在異鄉，思念親友、懷想往事，經常有清晰景象浮現腦海，我記下親友們無限的關愛，將之收錄在「第二輯」，定名為〈思親憶往〉。

歲月匆匆，我已是坐六望七之人，體能逐漸衰退，疾病也悄悄上身，我如何面對這現實，以安度人生的夕陽時光？幾番思量與檢討，我將結論收集在「第三輯」中，篇幅不多但足以提醒我歲月不饒人，要理性面對，特定名為〈老之已至〉。

移民來美已近三十年，異鄉事中仍常有新鮮見聞，以學習心態面對，也常有心得值得一記，我將之收集在「第四輯」中，定名為〈異鄉見聞〉。

無論多忙，我總要求自己每季都要讀完一本書，出新書時一定要有讀書報告，這次我選擇兩本現代作家的作品，分別是黃春明的《九彎十八拐》與張翎的《勞燕》，這兩位都是我非常欣賞的作家，每次閱讀他們的著作後都有意想不到的收穫。另外一本是世界名著，福樓拜寫的《包法利夫人》；四十年後再讀此書，為的是要找出年輕時代閱讀時的不解處；經過三個多月的閱讀，我將心得寫出，算是我再讀此書後找到的解答。無論「重讀」或「新閱」，展書一讀其樂無窮，我將三篇讀書心得收集在這「第五輯」中，篇章不多，但字數不少，字裡行間都洋溢著我閱讀時的喜樂，因而定名為〈讀書樂〉。

散文寫作多年，數年前我開始嘗試寫小說。在不斷學習中，我將自己熟悉的人與事組合成小說，無論人物、景致的描繪，情節的安排，故事的鋪陳，我邊學邊寫，期間不時請教前輩與同好，成篇後的心情是愉悅的，特將這些人世間悲歡離合的篇章，收集在「第六輯」中，定名為〈人間事〉。

2020年3月我將六輯篇章，定下書名《旅見人間事》，交給秀威出版社審核，準備出版。

完成一本新書總是喜悅的，我特別珍惜愛上寫作後的樂趣，為了常保這份樂趣，我會繼續寫，並感謝時時鼓勵我的親朋好友，特別是為我這本書作序的施叔青大姐，以及姚嘉為會長。

謹以此篇為序。

2020年5月15日於達拉斯寓所

CONTENTS

推薦序／施叔青／003
推薦序　寫盡天下尋常事，道盡人間最真情／姚嘉為／004
自序　愛上寫作的樂趣／008

輯一　旅見屢愛

1　初嚐法國美食／016
2　推著輪椅去旅遊／023
3　千種景觀萬般情／026
4　英雄的最後階梯／030
5　埃及行訪金字塔／034
6　走入曠野間的荒涼／042
7　羅馬嘉德水道橋風光／047
8　海天相連處的藝術警語／054
9　曾經激起千層浪的那片海灘／056
10　深閨中的美景——劉家峽水庫、炳靈寺石窟／060

輯二 思親憶往

1 套褲／066
2 護肺／068
3 竹籬情懷／070
4 醬油的魅力／073
5 我的第一枚私章／075
6 清香晶瑩中的懷想／078
7 走在故鄉的藍藍海邊／082
8 我與電話及手機／086
9 孩子們的寵物情懷／089
10 永不消散的味道／091

輯三 老之已至

1 服老／094
2 物理治療／097
3 我也是有架子的人了／099

輯四｜異鄉見聞

1 萍水相逢／104
2 春來話彩蛋／106
3 書本的醫生／109
4 馬路如虎口／113
5 異鄉稚子情／116
6 實習中的顧客／119
7 無家可歸之人／122
8 迷你免費圖書館／125
9 歲末感恩話節餐／128
10 過好疫情中的春天／131
11 牛仔文化與競技賽／134

輯五｜讀書樂

1 又一本令我感動的好書／138
2 再讀《包法利夫人》／144
3 我讀《勞燕》／161

輯六 人間事

1 再生草／182
2 情河小舟停泊的港灣／187
3 夕陽下的背影／200

輯一

旅見屢愛

1　初嚐法國美食

里昂：回味無窮鵝肝醬

法國美食揚名世界，2019年5月底我終於有機會到法國去見證此一說法。觀覽美景與建築、探訪藝術文物的同時品嚐美食，正是我所期待的。我的旅程由里昂（Lyon）開始，這裡原為歐洲絲綢之都，二十世紀末因食品餐飲業興起而被譽為「美食之城」。

5月24日清晨我們到達里昂後，首先遊覽富維耶聖母大教堂（Basilica of Notre-Dame de Fourvière）與羅馬露天劇場遺址。遊罷兩景點後已是吃中餐時分，導遊深知我品嚐美食心切，帶我來到一家當地頗負盛名又實惠的餐廳用餐。在他的解說下，我一口氣點了五道菜，不是因為餓了，而是想趕快嚐到各種美食。鵝肝

◤左：鵝肝醬
右：蝸牛

◤左：里昂特色菜魚腸（quenlle）
右：煎鵝肝

醬是我盼望已久的，它以「前菜」的身份上桌。看著盤中香噴噴吐司旁粉紅色的厚塊鵝肝醬，其實它並非濃稠醬，而是凝結成塊狀。再看這塊鵝肝醬的一端鑲著一塊黃澄澄的油，想必是鵝油，盤邊還點綴著小撮摻了核桃粒的黃杏乾。我仔細再看這塊鵝肝醬，它的色澤純，肝塊結實也夠大，應該不是冒牌的雜肝。我切下一小塊抹在吐司上，放入口中慢慢品味。我對那份細膩滑嫩的滋味很有好感，盡情地享受著這份豐腴鮮美，很快就吃完了本該僅止於淺嚐的餐前菜。

侍者接著端上一盤蝸牛，生平首次品嚐這種特殊食物，實在是好奇心大於食慾。這蝸牛肉的味道雖鮮美，但並非我所鍾愛的那種滋味。

緊接著上桌的是魚腸，這是里昂當地的美食，所以不如鵝肝醬及蝸牛肉出名。這道菜名中有「魚」字，因食材主要是魚，被稱為「腸」是因它的形狀像香腸。製造魚腸通常使用梭子魚，製作時將攪碎的乾淨魚肉加入香料、牛奶、雞蛋與水等調勻攪拌，經過半小時以上的不停攪拌，魚麵漿變得緊密，就可製成如香腸般的管狀魚腸，包裝好後等待烹調。我們點的魚腸是長方形，與蔬菜一同焗烤後上桌，吃起來鬆軟滑嫩。聽導遊敘述製作方式時，我將它想像成魚丸，但吃來卻與魚丸口感迥異。

再上桌的一道料理是豬腳，導遊說里昂豬腳與德國豬腳不同。我看到鹽水烹煮，知道是原汁原味，但也許是已吃飽，並沒多吃。再看先生點的牛排，淋滿醬汁後的外觀與德州牛排不同，口感卻無驚豔感。

整體而言，這餐最讓我回味的是鵝肝醬。

亞維農：甜瓜鹹肉沙拉，令人驚豔

5月27日，我們到亞維農（Avignon）參觀「教皇之城」（Palais des Papes）。中午用餐時，地陪上網訂了一家米其林推薦餐廳。因位子有限，她只能帶三位隊友前往，我和先生很高興同行。在導遊的幫助下，我點了煎鵝肝。端上桌的煎鵝肝焦黃濃香、溫潤柔滑，口感極佳，但因我對台式煎豬肝情有獨鍾，因此在品嚐兩種口味的鵝肝後，覺得還是冷凍的鵝肝醬較合我口味。

法國菜最令我驚豔的日子來臨了。5月30日上午我們在奧朗治（Orange）參觀完古羅馬劇場與博物館後已是正午時分，導遊帶著疲累的隊友們找餐廳。我推著坐輪椅的先生不想走遠路，就近走入博物館旁的餐廳，翻看英文菜單後仍不知該如何點餐。只見導遊也進來用餐，她建議我大熱天中午吃沙拉是不錯的選擇。看看菜單後她對我說：「有種甜瓜鹹肉沙拉，好吃又解暑。菜單中沒列出，我來問老闆能做否。」結果是肯定的。我完全沒概念地等待著這份餐點，結果令人非常驚喜——端上來的沙拉色彩美極了！薄如蟬翼、紅得透亮的火腿肉旁，排列著金黃多汁的甜瓜，配上翠綠的生菜，引得我食慾大開。切一片火腿，配一小片甜瓜，放入口中細嚼，甜與鹹原是兩種極端相反的滋味，但我卻覺得它們在我口中完美地融合了，融成一種難以忘懷的美味。我對這種產自義大利帕爾瑪（Parma）的火腿（Prosciutto Di Parma）一直有好感，但從未想到去搭配甜瓜與青菜沙拉一同品嚐。這個新發現令我欣喜，很快就吃完了這盤美食，那份甜美滋味至今難忘，可算是一次「驚豔」的美食品嚐。

奧爾良：名不虛傳紅酒牛肉

5月的最後一天，我們夜宿奧爾良（Orlean）。此地是屬於盧瓦爾河（Loire River）流域的著名紅酒產地，旅行社特為我們

◤左：5月30日首次嚐到甜瓜鹹肉
右：紅酒牛肉

預訂「紅酒牛肉」為晚餐。我在家常以台灣米酒燉牛肉，因此對紅酒燉出的牛肉特別有期待。

當晚酒店餐廳的客人爆滿，我們等了許久美食終於上桌。我不會飲酒，無法享受邊品紅酒邊嚐紅酒牛肉的雙重樂趣。專心享用美食的我，先從聞香與觀色開始。整夜沉浸於紅酒中的牛肉，慢燉後發出的香味幽幽地擴散於餐桌間，將我的食慾提升至頂點。再看著盤中拌著適量奶油的馬鈴薯泥與色澤誘人的牛肉，我迫不及待地開動。切下一小塊牛肉，裹上一層薄薄的馬鈴薯泥，應是最佳的葷素搭配。我的味蕾盡情地享受著，醇酒與肉恰當融合後所發出的香味是清晰又有特色的。我細細咀嚼，要品出法國紅酒恰當的酸度融入牛肉後所釋出之甘美，太美妙了！名不虛傳的「紅酒牛肉」，我好喜歡。

奧馬哈海灘：體會食原味的真諦

6月5日，我們來到二戰期間盟軍反攻戰場之一的奧馬哈海灘（Omha Beach）參觀，憑弔完戰役的英雄與戰爭現場後，已是午餐時分。我和隊友們原已訂好快餐，進店後得知可換點海鮮，我喜出望外地點了份海鮮盤，包括生蠔、鮮蝦與海螺。法國南部海邊的海鮮頗負盛名，曾在網路上看過介紹諾曼第（Normand）生蠔的專文，如今來到產地品嚐價廉物美的名產，真是太享受了。望著盤中的美食，我想起美食家們強調的「食原味」理論——烹飪的最高境界是保留原味外再加入美味。對於海鮮的烹煮法，我想首重保持鮮美。拿起一隻大蝦，剝去蝦頭的同時順便吸口原汁，真是甘甜美味，食慾頓時大開。再敲開一隻生蠔，甜美多汁的滑潤口感，令我不由得多咀嚼了幾下。我不確定自己吃的

◤在奧馬哈海灘吃海鮮盤

是否為「吉拉多（Gillardeau）生蠔」，但那份肥美甘甜的好滋味已令我難忘。也許是我對螺肉興趣不高，又或許是我已吃飽，盤中的海螺我剩了不少。但總括而言，這盤意外的海鮮，帶給我意外的驚喜，也讓我品味到「食原味」的真諦，使我的味蕾不受調味料的干擾，真正嚐到了海鮮的好滋味。

聖馬洛大啖生蠔，巴黎一嚐油封鴨

接下來的日子，白天在景點附近隨意點餐，雖非著名大餐，但都新鮮美味。吃盡法國菜的精緻與細膩，我對甜瓜沙拉情有獨鍾，在圖爾（Tours）與安布魯瓦茲（Ambroise）都再度品嚐；各家擺盤雖不盡相同，但都美味可口，堪稱為我對法國菜的最愛。此外，還有生蠔，在聖馬洛（Saint Malo）這個迷人海港欣賞落日彩霞前，我又大啖一番生蠔，甘甜美味的肉質，令我一改拒食生海產的成見。

在巴黎城住了五晚，我伴著行動不便的老公，有三晚在旅館附近吃些簡餐，直到當日黃昏在塞納河的遊船上，聽隊友談起「油封鴨」，我才驚覺旅程將結束，我尚未嚐到這道法國美食。幸好導遊幫忙，在觀賞麗都歌舞前，為我們在附近餐廳訂位。終於，我們在香榭麗舍大道（Avenue des Champs-Élysées）的老牌餐廳，嚐到了備受隊友讚賞的油封鴨。見到盤中鴨腿，我很肯定牠是隻小鴨，肉質應該鮮嫩。切一塊放入口中，果然香酥可口。平日我吃烤雞或鴨，最怕吃到烤乾肉汁的劣質肉，盤中這隻小鴨腿，吃在口中肉香渾厚，想必是完美烹調的結果。這油封鴨從醃製、油封到烤炸，工序與用料一點也不能馬虎。我一口接一口地咀嚼著美味鴨肉，心中想著，要成為聞名於世的極品美食，選材與製作皆有其不容忽視的細節，法國美食的成功就在於此。

我這趟法國行，雖只是淺嚐著名美食，但已能領略其中真味。廚師們代代相傳的是用心將食材本身的原味發揮至極限，這種烹飪原則，不同於以外加的各種醬汁來為食物製造味道，法國美食能聞名於世，廚師們的這番心血是功不可沒的。

◤左：聖馬洛生蠔
右：油封鴨

2　推著輪椅去旅遊

剛從埃及與約旦旅遊回來，外子決定要與我同遊法國。

2018年底，我決定2019年5月要去巴黎和里昂旅遊時曾邀外子同行，他遲疑片刻後搖搖頭。我知他擔心自己不良於行，怕給我添麻煩。

自2015年從日本旅遊回到台北後，我發現外子行走已十分困難，於是為他買了一支可調整高度的折疊式枴杖，他用得很順手，從此就依靠枴杖行走，乘飛機則須輪椅服務。2017年的英倫之旅他走得很辛苦，唯有在大英博物館中，我用輪椅推著他，他很開心地欣賞文物，我也欣慰地陪他。心中暗自思量，能陪他以輪椅代步旅遊，也是很有意思的旅遊經歷。

外子身材壯碩，不愛運動的結果體重一直超標，以致膝蓋無法負荷龐大身軀而常疼痛。前些年摔倒後傷到腰椎，行走能力每況愈下，退休後整日在家心情十分鬱悶。春日我邀他去植物園賞花，他勉為其難地陪我，繁花雖美也難掩他的背痠膝痛，我看在眼裡十分心疼。

年輕時我倆都愛旅遊，駕車遊遍全美著名景點，也常出國旅遊。原計畫退休後環遊世界，如今他老病後不良於行，旅遊的計畫遲遲無法如願。我看他在家老是情緒低落地呆坐，很是不忍，總想在他的退休歲月中添些樂趣。2018年中，早早就為他報名參加2019年元月的埃及與約旦旅遊，我深知這是他最想一遊的景點，當然我也知道自己的照顧責任會很沉重。

◤左：攝於嘉德水道橋邊
右：攝於大英博物館內

雖然知道是趟艱辛之旅，但我們還是開心地出門了。埃及的金字塔多建在沙漠，在沙土地上小心慢行，外子雖走得辛苦，卻看得出來他十分開心。住進尼羅河的郵輪後，旅行社為外子安排一位推輪椅的小青年，這真是意外的欣喜。於是，從盧克索神廟（Luxor Temple）到帝王谷（Valley of the kings），外子省去不少腳力，終能較輕鬆地走進拉美西斯四世（Ramesses IV）陵墓與荷魯斯（Horus）神殿，觀看地宮遺物。

在這幾日的推輪椅旅遊中，我也觀察出在石板地與碎石路上推輪椅的竅門，於是到約旦後，即使景區無推手幫忙，我也能勝任推輪椅工作。

◤左：攝於法國亞維農市
右：攝於埃及荷魯斯神殿外

推著外子且行且止，在他想觀賞的景點多停留片刻，見他眼中泛著喜悅，我心中甚是欣慰。老年夫妻能如此同遊，也算一大樂事。

返家後與旅行社聯絡，得知法國許多景點的無障礙空間都很理想，推輪椅陪外子旅遊非難事。

這兩日氣溫驟降，我透過落地窗看著屋外細雨滴在枇杷葉上的瑟瑟景象，腦中卻想著開春後即將迎來的法國旅遊，心中湧出陣陣暖意。

3　千種景觀萬般情

我愛旅遊，多年來走過不少地方，有些景點已是多次遊覽。隨著年齡漸長，舊地重遊總有不同的感觸，這可能正是我不排斥重遊舊地的主因。

峽谷壯麗如昔，故人垂垂老矣

美國西部面積遼闊，造物者將這片廣袤土地的景觀特色定義為「壯麗」，最負盛名者如大峽谷（Grand Canyo）、錫安國家公園（Zion National Park）與布萊斯峽谷國家公園（Bryce Canyon National Park），還有近年來網路爆紅的羚羊彩谷（Antelope Canyon）。

2018年9月下旬的酷暑威力已漸弱，北美華文作家協會兩年一度的年會結束後，特舉辦旅遊，選定的景點正是上述的幾個峽谷與國家公園。其中唯有羚羊彩谷我是初訪，但再次造訪大峽谷、錫安峽谷與布萊斯峽谷國家公園的我，面對壯麗奇秀景觀時依然對造物者心存敬佩。

1990年代初始，我首次遊大峽谷、錫安峽谷與布萊斯峽谷國家公園，對後二者的特殊山形與色彩格外欣賞。當時體力尚健壯，到達布萊斯峽谷國家公園時直奔谷底，近距離觀看橘紅、黃白諸色相間的石柱群。站立於奇偉壯麗的景觀前，我竟為自己能短暫融入此景中而激動；再由狹窄的石柱間抬頭仰望藍天，更猛地覺察自己的渺小。藉遊山玩水之際，以自然景觀之壯偉做自我期勉，也是一樁幸事。

此次舊地重遊我已是坐六望七之齡，只能站在高處遠望石柱群，山色壯麗如昔，我卻已年華老矣！再度觀景生情，已是別種滋味。站在觀景台遊目四顧，昔日幾處印象深刻的石柱身形再次印入腦際，雷神之捶（Thor's Hammer）何在？維多利亞女王（Queen Victoria）又隱身何處？在重重石柱林中尋不著舊識的那份失落感竟是如此椎心！真出人意料。

因光線而幻化的羚羊峽谷內巖壁景觀

羚羊彩谷：靜思與大靈溝通的聖地

羚羊彩谷是此行我極盼望的景點，它隱藏於山巖縫隙間的洞口極易被忽略，至於它被發現的年代已不可考，近年因瘋傳於網路的特色照片而暴紅。進入彩谷中的感覺是奇妙的，雙腳踏在細軟的沙地上，藉由洞頂一縷陽光的引導，我見到橘紅、黃白諸色相間的巖壁，因呈現波浪狀而令我有些目眩，這份感受令洞中行蒙上些許神祕。行走在彎曲又狹窄的空間中，我彷彿是海螺殼中的探險客，甚感新奇有趣。熱心的印地安女司機兼導遊，告訴我們如何藉洞頂灑入的光線來欣賞巖壁的變化，我這才看懂洞裡乾坤。

由於光線射入的角度不同，洞內巖壁的光彩明暗也隨之有異，巖壁間不規則的紋路因光彩的變化而魅影重重；幻化間如見龍頭像，又如見雄獅身形，想像中的圖像格外有趣。又因光線明暗度的不同，彎來轉去所見巖壁的色彩迥異，明亮的橘紅色令我嘖嘖稱奇，暗沉的褐色也別有看頭。越往前走越能見識洞景之神奇，造物者的想像力實在豐富，讓陽光由洞頂射入幽谷，為堅硬的巖壁罩上輕柔面紗，將岩石表面的紋層幻化出奇特色彩，一座美麗的藝術宮殿就此誕生，優遊其中的感覺真美妙！心想！這個位於納瓦荷族人（Navajo）保護區的彩谷，被耆老族輩視為靜思與大靈溝通的棲息地是有原因的，的確！唯有見識到造物者創造大地的神力後，才懂得人要謙虛，更要敬天法祖。

◤左：艱鉅的工程令完工日一再延後
右：難得一見的凌空築橋

胡佛水壩：凌空築橋壯矣哉！

在歸途中我們經過胡佛水壩（Hoover Dam）。

多年前我仍忙於商場，每年要從德州開車到賭城拉斯維加斯參加商業展銷會，胡佛水壩是必經之路。二十一世紀初期，因有關部門顧念水庫的安全及周邊路面的承載力，決定在水庫上方凌空築一條公路，使不到水庫的車輛凌空越過。此後數年間，我成為這條凌空公路修築的見證者，它由無到有是凝聚眾人智慧與心血、體力的結合，當然也是巨資堆砌而成的富裕象徵。在這條凌空公路修築期間，我經過時總愛仰頭貪看，見到直升機空運建材給懸在鷹架上的工人，真如特技影片中的驚悚鏡頭！2009年最後一次見到的景象是，自兩端巖壁間橫出的橋面已相互對峙，等待最後數哩路的完工就可通車。

這將近十年間，那兩截凌空對峙橋面的雄偉畫面深印我腦海，因此對此橋的完工我充滿期待。如今走在平坦寬敞的路面上，我如親見成長後的嬰兒那般感慨不已。

世間天造奇景無數，故我總敬天。然而，人類善用智慧築建成的雄偉便捷工程同樣令人感佩。每次旅遊歸來，總加深我對雄奇壯偉美景的敬佩之情。

4　英雄的最後階梯

2019年初夏，我去法國旅遊，從里昂到巴黎，見到許多心儀已久的名勝古蹟，增長不少見識，其中「楓丹白露」（Fontainebleau）卻引起我另一番感觸。

楓丹白露：法國歷史見證者

在到達楓丹白露前我已遊覽過盧瓦爾河谷上最富麗堂皇的香波城堡（Château de Chambord），以及修建在舍爾河（Le Cher，意為「雪河」）上優美動人的神農索古堡（Château de Chenonceau），更已遊罷聲名遠播的凡爾賽宮。當「富麗堂皇」與「優美動人」已不再是城堡外觀吸引我的首要條件時，我仍渴望一睹楓丹白露芳容的主因是——這名字太美了（「楓丹白露」本為詩人徐志摩的翻譯，Fontaine Belle Eau，意謂「美麗的噴泉」）！

然而，見到它的第一眼我卻極為失望。也許是門外的鷹架與帳篷破壞了我對外觀的品賞，也許是陰雨的天氣影響了我的心情，我失望得幾乎不願入內參觀。此時導遊站在庭園的一座階梯前介紹景點：「這裡是白馬庭園（Cour du Cheval Blanc），這座馬蹄型階梯，正是拿破崙被放逐前向士兵們告別的地方。」聽完她的解說後，我的心神頓時為之一振。

「楓丹白露」原是路易六世（Louis VI）修建的狩獵行宮，後經數世紀三十餘位法國君王的青睞，對這座宮殿進行華麗的裝修，文學與藝術的充實與娛樂廳的增添，直到拿破崙的打造，楓丹白露最終成為法國歷史的重要見證者。

從未曾想引我走入楓丹白露的主因竟是「緬懷拿破崙」！隨著眾人入內參觀，金碧輝煌的內部裝潢令我驚訝。導遊介紹說，宮內所見鍍金、雕刻、鑲嵌的手法都顯示皇室氣派，更因其建築風格完美，融合了法國傳統藝術與文藝復興精神，而被稱為「楓丹白露派」。自1528年弗朗索瓦一世（François I）起，歷經亨利二世（Henry II）、路易十六（Louis XVI）到拿破崙，歷代國君都依其所好與需要不斷擴建，才擁有今日風貌。

馬蹄型階梯：見證拿破崙的婚禮與退位

隨著參觀人潮，我走過「弗朗索瓦一世長廊」，也在其子亨利二世改建的「舞會廳」中仔細觀賞壁畫與風格獨特的天花板。

◤白馬庭園中的馬蹄型階梯

然而，最令我印象深刻的卻是拿破崙的御座廳與辦公廳，其耀眼與貴氣的綠絨、紅綢與藍緞，為這兩間廳堂裝點出一份永不褪色的榮耀。雖然這裡也是拿破崙被迫退位的傷心地，但我仍認為這裡保留了他不容抹滅的榮耀。

話說法國大革命前楓丹白露已顯破敗跡象，1786年大革命時期，此宮殿本身雖未遭破壞，但殿內奢華的陳設已大都被變賣以籌措政府經費。直到1804年，權力達到頂峰的拿破崙選擇此宮為首宮並加以修繕，他花費巨資重修整建並裝潢後，請教皇前來為他加冕並主持他與約瑟芬（Joséphine de Beauharnais）的宗教儀式婚禮，從此奠定此宮的歷史價值。兩百多年前縱橫歐洲的法國皇帝拿破崙，受過正規軍事教育，他是位戰術上的天才，一生指揮六十餘場戰爭，失敗者屈指可數，直到1814年終因萊比錫戰役失敗，在楓丹白露簽署退位詔書。

當我走在二樓長廊間，由窗口看到白馬庭園中馬蹄型階梯的側面，那只是座普通階梯，卻因見證英雄失敗後的離去而留名。此時我想起高中化學老師說過的一件事，他說曾見報紙刊出拿破崙被放逐後遭毒死的消息，所使用的毒藥是砒霜，因科學家由他頭髮中檢驗出砷元素，而判定他的死因是砒霜慢性中毒。雖然有關拿破崙的死因至今仍有爭議，但他被放逐後鬱鬱而終是事實，我在此緬懷他的功績格外感傷。曾經叱吒風雲的英雄，其失敗後之落寞是悲哀的。我注視著「白馬庭園」，遙想他迎娶約瑟芬時的熱鬧場景，又想到他接下《楓丹白露條約》，走下馬蹄型階梯的情狀，真是不勝唏噓！

返家後翻查許多資料，明瞭楓丹白露除宮殿外，還包括美麗莊園與茂密樹林，我未遊賞全景就妄下負評，實在不該。無論如何，八百餘年來，法國歷史上從未有座宮殿像楓丹白露那樣，經歷過如此多位帝王的生死與榮辱。資料上記載拿破崙最愛此地的優雅與靜謐，曾說這裡是最理想的國王寓所，是一座劃時代的建築。我在遊覽此宮時，因著這「馬蹄型階梯」而緬懷拿破崙，也算是不虛此行了。

◤馬蹄型階梯側面

5 埃及行訪金字塔

關於金字塔的兩個問題

當我決定前往埃及看金字塔後，兩個問題浮現在我心頭：我何時開始認識金字塔？這埃及古法老王的陵墓為何被中國人稱為「金字塔」？

第一個問題將我的思緒帶回求學時期。是小學時代就知道金字塔了嗎？太久遠了，我不確定。但初中時代的歷史課程應該讀過，而最肯定的答案是：自我1996年從事禮品生意後，埃及商品是我經營的重點之一。將近二十年來，我見到客人不斷地購買收集與埃及金字塔有關的禮物，因而好奇他們對埃及古物癡迷的原因。

至於中國人為何稱埃及古法老王的陵墓為「金字塔」？這個問題的答案在我出發前上網找到了。原來這種高大的角錐形建築物，底部為四方形，每個側面為三角形，狀似中國的「金」字，因此中國人稱之為「金字塔」。

階梯金字塔：遙想法老左塞爾功業

埃及境內共有九十六座金字塔，我們這次只走訪較著名的幾座，包括階梯金字塔、彎曲與紅色金字塔，還走訪了吉薩（Giza）金字塔群。薩卡拉（Saqqara）和達赫舒爾（Daahshur）是埃及古王國時期的大型墓地，薩卡拉有第三王朝所建的階梯金字塔，達赫舒爾有第四王朝所建的彎曲與紅色金字塔。

2019年1月19日，早餐後我們前往薩卡拉，走訪埃及的第一座金字塔——階梯金字塔，墓主是第三王朝最著名的法老王左塞爾（Zoser），設計者是他的大臣和御醫印和闐（Imhoteb）——這位平民出身卻成為埃及醫學之神者，也是金字塔造型的創始人，更因他的智慧而將巨石引入埃及建築主流。

走下遊覽車，雙腳踏在沙石地上，放眼望著無邊際的荒漠，我有些落寞，卻又不由自主地急忙朝著西元前2650年前的古建築階梯金字塔走去。接近目的地前，必須先走過塞特（Seth）殿。走在殿堂的長廊間，我情不自禁地撫摸石柱上的砌石，這些經過精確打磨的石磚，不須黏合劑就能緊密切合，據說是抽空兩磚間空氣，靠真空原理造成的緊密結合，這是何等高超的知識！使後人到此膜拜的收穫更形豐富。與將近四千七百歲高齡的古物接觸後，我心中有些激動，這次親密接觸，為我與神祕的金字塔相見揭開序幕。

◤維修中的階梯金字塔

四千多年前的人們在這片沙石地上建成的帝王墓，如今的外觀已是老態畢露，幸得現代人們依舊重視，正在盡力加固修繕。我踏在行走不易的沙地上，凝視這座飽經風霜的墓塔，感慨著：千百年來，不計其數拜訪者的腳印已然消失於被風吹散的沙礫中，墓塔卻仍屹立！左塞爾墓塔值得後人瞻仰憑弔，不僅因為這是個宏偉建築，更因為法老王左塞爾是位重視百姓的好君王。睹墓思人，賢君的不朽政績令人懷念，更令為政者深思。真是「哲人日已遠，典型在夙昔」啊！

烏納斯金字塔：密室象形文字

烏納斯金字塔在左塞爾的階梯金字塔附近，這座塔原不在我的走訪計畫中，只因它有條能通往墓內的堤道而引來我的興趣。

◤作者攝於烏納斯金字塔堤道口

◤左：彎曲金字塔
右：作者與彎曲金字塔基石合影

烏納斯是古埃及第五王朝最後一位法老王，他也是首位用顏色在金字塔上和內部密室雕刻象形文者。

我隨著隊友們由堤道走下去，竟不知是走在埃及保存得最完好的堤道上。這堤道約成四十五度傾斜，我小心翼翼彎腰低頭踏穩每格梯木後往下走，越走越黑，才想起行前準備卻忘記攜帶的手電筒。這是我首次進入塔內，興奮之情勝過對黑暗的不適應。走完百餘階梯後，到達終點——地宮。此地宮不如我在電影中所見那般寬敞堂皇，但能親眼見到石壁上的古老文字，也算不虛此行。

彎曲金字塔內無木乃伊，紅色金字塔只在夕照下美麗

吃完中餐，我們前往彎曲金字塔與紅色金字塔。前者高一百五十米左右，由外觀看，約在塔的半高處開始減少斜度。據說因當時建造者已預知若按原設計進行工程，塔將坍塌，因此減少斜度，以致形成目前所見的外觀。導遊建議我們：「既來之，則看之。」我們一行人踏沙而行，緩緩走到塔下，紛紛與裸露的石塊合影。我輕撫巨石感嘆不已，這些飽經風霜的石塊是古埃及歷史王朝的見證，數千年後我有幸前來遊賞憑弔，遙想兩座金字塔被建造的王朝，該是多麼地意氣風發。

◤左：紅色金字塔全景
右：紅色金字塔通往堤道入口的路徑

彎曲金字塔應是西元前2600年由第四王朝的首任法老斯尼弗魯（Sneferu）下令修建，作為他的安葬之地，卻從來不曾在該金字塔中找到他的遺體。然而，面對它歷經風霜而不頹毀的現狀，對那些個時代之王者的不朽精神，我不禁自心底湧出一份敬意。

紅色金字塔是世界上首座真金字塔（非階梯型），因為使用紅色石灰岩呈現出淡淡粉紅色而得名。可惜，這種色彩只顯現於夕陽餘暉中。我雖然與這奇觀無緣，卻很仔細地觀察了此塔。話說它與吉薩金字塔群中最大的那座大小相仿，但來此造訪的遊客卻遠不及參訪金字塔群者。也許正因為它缺少遊客膜拜而隱約呈現幾分落寞，使我特別感覺能與它親近吧。

聽導遊說，可由半山腰的洞口進入塔內。這入口處在北面的半山腰，我由停車處踏沙前行，那種舉步維艱的感覺，令我對當年辛苦建塔的奴工格外憐惜。我這久居城市的現代人，氣喘吁吁地走到塔下，望著依塔而築的石梯，要爬到塔身半腰進入塔內，我有這份體力與毅力嗎？稍做休息後我決定爬上去，因為我太想看看塔內的光景了。半年前才裝心血管支架的我，爬起階梯仍十分吃力，但在好奇心的驅使下我繼續往上爬。可惜，入內後卻無可看之物！然而，我並不後悔走這一遭，尤其上下階梯的過程對我目前的體力而言是種挑戰，很高興能挑戰成功，畢竟爬上金字塔的經驗不是人人都能擁有的。

吉薩金字塔群：獅身人面相為伴

參訪金字塔的最後一程是到吉薩看金字塔群。所謂的「一群」金字塔，是由三塔組成，包括最大的胡夫（Khufu）金字塔，次大的卡夫拉（Khafra）金字塔以及最小的孟卡拉（Menkaure）金字塔。此外，這三座金字塔旁還有著名的獅身人面像與三座皇后的小型金字塔。下車觀賞金字塔群前，導遊特別

◤胡夫金字塔

為我們介紹金字塔群對面的萬豪（Marriott）酒店，原來那是二戰末期開羅會議的召開地。車中遊伴聽聞之下，紛紛舉起手機趕忙拍照，但我對數千年前遺留下的金字塔群興趣更高。

此景點周圍與前兩日所看金字塔的環境不同，從遊覽車到塔群的路程較短，也不須穿越大片沙石地，一下車就見到壯偉的塔身矗立於眼前。

在我近距離接觸胡夫金字塔前，只覺得此處與我前兩日的參訪地有所不同，或許是因為這座塔基較大，也或許是因為附近還有其他兩座金字塔的緣故，這兒不像前兩日所見的那般荒涼、曠渺，這兒好似一處香火鼎盛的廟宇，充沛的人氣彷彿淡化了這座金字塔的古意，但面對這座四千五百年前的古蹟，它的壯偉仍令我景仰。

一步步接近塔基，腳下的路面不似前兩處的沙石地那般難行，眼見塔的基層石塊異常堅實且毫無風化跡象，這點使我非常訝異，也許這就是資料中記載的「外包石塊」吧！我沿著塔基高及肩部的巨石慢慢前行，竟也走完了一面的基座，到達兩面交匯處。我見遊客都從遠端向整座塔身取景留念，我則注意到塔頂有

◤金字塔群

風化跡象，已能見到明顯的剝落痕跡，這令我擔心，誠心希望當地政府盡心保護。面對這難得一見的壯偉古蹟，我心中很是感動，有生之年能親身到此拜訪，我很滿足。遠望一群人在塔身半腰高處石階上行走，他們是想要探訪塔內奧祕的遊客，我好羨慕他們的體力，更願他們能珍惜在壯盛之年就有機會參訪這偉大古蹟的幸運。

見過這座在高度稱霸將近四千年的偉大金字塔後，我們來到它身旁的卡夫拉金字塔。此塔除面積僅次於胡夫金字塔外，還有一大特色，就是頂端仍保留著部分石灰岩外殼。據說，卡夫拉金字塔在接近正午的日照下特別有朝氣，似乎為這塔增添貴氣。可惜，我們在正午前到達，當天又是陰天，無緣見此特色。也許因為我們要參觀旁邊的太陽船，因此對卡夫拉與孟卡拉這兩座金字塔的興趣相對減弱不少，但隊友們都不忘與這連成一線的三座金字塔合影，這金字塔群可是金字塔的招牌景色呢。

經過三天近距離地接觸金字塔，我對古埃及人的建築成就更為欽佩。這數千年的文明史實，因偉大的建築而更臻完美，如此看來，金字塔建築的歷史意義就更偉大了。

◤金字塔群與人面獅身像

6 走入曠野間的荒涼

自絲路歸來，我心中念念不忘的，不是綠草白羊、藍天碧水的青海湖，也不是白雪皚皚的祁連山頂，更不是留存千年歲月的莫高石窟；也許因為上述景觀我早已熟悉，親往遊覽只是印證所知吧。那令我懷思不已的，主要是以往甚少聽聞的景觀，它們對我更有著深刻震撼印象，例如玉門關、高昌故國與交河故城。

玉門關：文人墨客詠嘆之地

那日走訪莫高窟後，我們來到玉門關。印象中的玉門關，總出現於詩人墨客的作品中——王之渙仰嘆「春風不度玉門關」（〈涼州詞〉），王昌齡低吟「孤臣遙望玉門關」（〈從軍行〉），李白也曾傾訴「秋風吹不盡，總是玉關情」（〈子夜吳歌．秋歌〉），但真實的玉門關它荒涼極了，一眼望去盡是寸草不生的黃沙地，及少數幾叢生命力頑強的耐旱植物。然而，我不敢小看這片曠野，它在漢唐史冊中曾經光芒萬丈，更是絲綢之路上的重要關隘。從遊客中心到「小方盤城遺址」，我對眼前的荒涼肅然起敬，面對著黃土堆砌的遺址，我對它的敬慕之情，不亞於在埃及面對矗立於沙漠上的金字塔，看來經年累月沙塵的侵擾與覆蓋也難掩古文明之遺址。

走在碎石路上，一望無際的荒涼令我百感交集，古籍中記載的廣袤疆域，有一大部分是這種荒涼地，但歷朝歷代的將領兵士們用青春歲月與生命來保護這些土地，因為這一望無際的荒涼

◤小方盤古城遺址

是內地千萬民眾的屏障，守住這片荒涼是奠定內地繁榮的基石。如此說來，這片荒涼的重要性實不容小覷。想到此，我更加以肅穆之情來觀看眼前的一切。千年前，以人力來開疆拓土，以人力來與自然爭生存，更以人力來建築關隘城池。歷經歲月的洗禮，如今這片土地所留存下來的唯有這一方小小土城。因我腿腳已不宜多行走，不便近觀，只好站在碎石路上遠望這千年歷史的物質文明憑證，歷史彷彿藉著它依然存活。有生之年能見證史書中所述，我很欣慰。

高昌故國：君王宮城不復見，玄奘曾經駐留講經堂

次日，我們前往「高昌故城」。這個新疆最大的古城遺址，因其「地勢高敞，人廣昌盛」而得名，西元五世紀起就已繁榮昌盛，直到十三世紀末，因連年戰亂而毀，終至被歷史塵封。但歷經二千餘年的風吹日曬雨淋，以夯土築成的內外城與宮城，如今斑駁的輪廓依稀可見，是目前世界上保存得最完好的土築古城。我對它的第一印象是「比玉門關還荒涼」，觸目所及之處幾乎寸草不生。

◤左：高昌故國塔林
右：高昌故國玄奘講經處

下車後頂著烈日我隨眾人走進「城」中。所謂的「城」，只是一處處土石或磚塊砌壘的殘壁遺址。我邊拍照邊尋思：如此炎熱、乾旱、無綠色植物的荒涼地，如何留住千年前的居民？再往前行，我看到的是磚塊砌壘的高牆。從建築的角度看，此地的磚牆比在玉門關所見的土堆牆有進步。

七拐八彎了一陣，導遊帶大家進入一處較完整的穹窿建築，門前有標示，此處為「大佛寺講經堂遺址」。聽說玄奘去西域前曾在此講經，隊友們均十分激動，即使是逆光角度也紛紛拍照留念。除此一著名遺址外，導遊還帶領大家前往大佛寺中心塔殿遺址參觀，這處古蹟目前只留下高聳的建築與空無佛像的神龕。據說，唐朝中葉佛教已在高昌國成鼎盛之勢，各種佛經之抄錄與佛像之雕刻，都達登峰造極之境界。目前在德國柏林的博物館中，陳列著兩座雕刻精美的佛像，正是出自高昌故國，只因戰禍而流落於國外，論其刀法之嫻熟、做工之精湛，堪稱那時代佛像雕刻之精品。

我站在大佛寺中心塔殿遺址前仔細端詳，心中似乎已為先前的疑惑找到答案，定是那種蓬勃的宗教氣息，讓人們精神有所寄託，凝聚了民眾的向心力。如此看來，眼前這片荒涼雖令人唏噓不已，但它曾擁有過的繁榮昌盛卻不朽於史冊中。

交河故城：曾經河水分流繞城，而今唯有風聲嗚咽

此行參觀的最後一座古城是「交河故城」，那更是一個我完全陌生的景點。聽導遊說，這古城是世界上最大、最古老、保存最完好的「生土建築」城市。所謂的「生土建築」，是指使用未經焙燒僅做簡易加工的建材所築構的建築。映入眼中的這片荒涼，在我看來是不適人居的。我意識中適合人類居住之地，至少須有綠色植物與濕潤土壤，但眼前所見盡是荒涼，但它卻是興建於西元前二至五世紀，歷經南北朝與唐代，曾經鼎盛　一時的真實城堡，直到九至十四世紀，因連年戰火及地質變化，終遭被棄置的命運。所幸乾燥少雨的氣候，使得這座歷經滄桑的古城遺址得以倖存。

冒著烈日前行，眼前的情境令我感到孤寂、荒蕪，無法想像那年代的人們是如何在這種環境中生活……。卻聽導遊說，此地建築大部分為唐朝時代建築，它像一個層層設防的大堡壘，人走在牆外時，如同處於深溝中，無法看到城內情形，但人在牆內卻可居高臨下，控制內外動向。我對這片荒涼的土地如何居住甚感疑惑，卻聽導遊說，此地原為兩河交匯的河心綠島，長期以來都是吐魯番盆地的政治、經濟、軍事中心，無奈遭遇兩側河水不

◤荒涼的交河故城遺址

斷沖切之惡運，河床慢慢下沉，台地逐漸上升，「交河」變得寸草不生，不適人居，居民只得遷往他處。如今我站在這片如「土林」般的故城上，感嘆故城隕落的同時，也懷想它曾經的輝煌。

接連走訪三處荒涼故城遺址後，我的心情似乎也被荒涼感染，不勝感傷。然而，對於這些曾經繁華的遺址，我內心充滿景仰之情，無限嚮往。可喜的是，這些關隘、故國和故城仍存留著「廢墟」，無言地述說其歷史文化，雖觸目盡是滄桑荒涼，卻能隱約想像它們過往的輝煌。我走過這片荒涼也見證了歷史的輝煌，我心足矣！

7 羅馬嘉德水道橋風光

2019年5月底我去法國玩了三週，卻只在巴黎待四天五夜，只因除巴黎外，法國南部有許多令我驚豔的景觀與文化底蘊。從里昂出發，法國南部鄉村的旖旎風光令我目不暇給。我們早到普羅旺斯數週，沒見到6月才盛開的薰衣草，只見到零星罌粟科屬的虞美人花。然而，錯過賞花期的遺憾，卻被另一個大驚喜彌補——就在尼姆（Nimes），我們見到了美麗壯觀的「嘉德水道橋」（le Pont du Gard）。

現今世上僅存保護完整的三層水道橋

尚未見到嘉德水道橋前，我以為那只是座橋上人車通行、橋下流水潺潺的古橋，直到走在古橋前的上坡沙石路段，遠遠見到

◤初見三層橋身

二層橋身，竟是由尺寸不同的拱型孔洞所壘成。我從未見過此種橋樑，不由得加快腳步前行。路段逐漸平緩，由樹叢間再次見到部分橋身，竟是座三層橋體的水道橋，橋身分別建有大、中、小三種拱型孔洞，在綠樹叢的映襯下美極了！由淺黃色石灰石塊壘建的橋身，滿布歲月熏染的黑灰色，呈現古樸蒼勁之姿，我看得入迷。

終於走到橋前，面對壯偉橋身，我如瞻仰偉人般虔敬觀賞。這座由古羅馬人在西元一世紀修築的高架水渠，橋高四十九公尺，相當於十五層樓高，是當代最高橋樑。每層大小不一的拱門造型極具特色，此橋也是現今世上僅存保護完整的三層水道橋，1985年7月被聯合國教科文組織列入世界遺產。

◤淺黃色石橋身，滿布歲月熏染的黑灰色

左：作者攝於中層橋道旁
右：由中層橋上鳥瞰加爾登河

嘉德水道橋共分三層，每層都有數目與尺寸不同的橋拱，橋的中層人車可通行，下層是支撐橋體的部分，最上層為封閉水渠。我腳下這條沙石路，正通往橋的中層，懷著強烈好奇心緩緩走到橋頭，橋上平坦寬廣的路面令我十分驚訝，二千年前的建築能有如此之恢弘氣度實在難得。我走到最近的拱門柱前仔細端詳，試圖與兩千年千的老古董對話：「你好！你來自何方？又是如何被搬運到此地？這些年本地發生過哪些大事？」「不錯啊！經過兩千多年，你的身軀依舊硬朗。」我知道心中的問題遲早會有答案，但觀賞風景的時間有限，我還是珍惜眼前景物吧！

繼續邁開輕鬆的步伐前行，但每一步我都走得很認真、很仔細，因為我是行走在兩千年前修築的路面上。走到橋中央，居高臨下正好欣賞河水，這就是隆河（Rhone）支流加爾登河（Gardon），水色墨綠如黛，在岸邊岩石與遠處綠樹叢的襯映下，這一泓流水宛如一位端莊貴婦，它，恬靜、優雅地流淌著，與眼前千年古橋完美地組合，為這片原本荒脊的土地，搭起一道令法國人引以為傲的風景線。

我，近乎貪婪地極目四望，眼前景色如一本厚重的百科全書，我渴望閱讀它，且相信它的每個角落都充滿趣味。可惜時不我予，我已缺乏上下奔走的體力，想要進一步認識這座藝術與技術完美結合的傑作的身世，只能到博物館（Museum）去看影帶。

博物館裡找答案

那是一棟非常現代化的建築，我在來水道橋的路上已見到，展廳內所播放的影片融合紀錄片與虛構情節，由影片的解說，我明暸建此水道橋的原委。原來，西元前28年尼姆成為羅馬的殖民地，為了要將北方于捷斯（Uzes）的泉水輸送到尼姆，因而興起建造水道的計畫。從地圖上可清楚看出，這南北兩市相距不過二十公里，為何要大轉彎建一座水道橋呢？原來是遇到了中央高地（Massif Central），若要打通岩石穿越山脈，不如繞道而行，於是就開始了修建水道橋計畫。了解建橋原因後，我也想知道當時岩石運送的方式，可惜沒找到答案。另一個好奇的問題是，繞道而行的水道約有五十公里長，建築師如何利用天然梯度與人為建造，精算出恰如其分的流暢運水渠道？雖沒找到答案，但由衷敬佩古羅馬的建築師們，不須現代化科技的輔助，就能完成歷經兩千餘年仍屹立的偉大建築。

走出博物館，我的心情仍十分激動，遙想水道橋修建完成的那年代，這水道源源不絕的泉水，不但供給尼姆居民生命的活水，也提供足夠的水資源讓人們澆灌花木、建造噴水池，因而打造出的美麗景觀，更豐富了人們的精神生活。如今的水道橋，雖早已失去運送泉水的功能，但它的雄偉精湛已聞名於世，每年至少吸引百萬遊客前來觀覽。如今每年6月的四個特訂日子更是遊客到來的高峰期，因當地政府特為觀光客們精心設計「夢幻仙橋」的浪漫節目，夜幕低垂時的古橋四周，因煙火與燈光的映襯而展現如夢似幻的奇景，橫跨於山嶺河水間的古典橋身，在音樂與燈火的烘托下，帶給觀眾如癡如醉的視覺享受，那情景是世界僅見的，它將古典之精湛與現代之輝煌結合成最完美組合，我多麼希望自己也能恭逢盛況。

攝影卡片與五歐元紙鈔上的嘉德水道

見到博物館對面有家禮品店，我走進去看到許多精美卡片，專業的攝影師們從不同角度拍下古橋的特色照，我選了三張：一是夕陽西下時的古橋，橘紅色的天色將橋身映襯得富麗堂皇，美極了！特別值得一提的是，夕陽餘暉將橋身染紅，而我在現場見到黃色巨石被熏染的黑色，在夕陽餘暉中竟消失了，夕陽彷彿是位褪去老人斑的高手，透過鏡頭的橋身變年輕了。第二張是水道橋的鳥瞰圖，從高處看橋的全貌，能清楚見到最上層的封閉渠道，雖已不再有運水功能，但堅實的橋身彷彿是歷史的見證者，屹立於山水間，成為古羅馬時代精湛建築藝術代言人。第三張是從河水邊取景，橋身只占畫面的三分之一，鏡頭左下角的虞美人花顯示拍攝時間正是我們到訪的時節，在花朵的映襯下橋身多了幾分柔和美，由於取景於我無法看到的那面橋身，彌補了我先前的遺憾，因此我格外喜歡這張圖片。

到櫃台付費時，收銀小姐找給我一張五歐元紙鈔，並對我說鈔票背面有水道橋的圖片，我接過來仔細端詳，沒錯！2002年發行的五歐元紙鈔，正面是歐洲古典建築風格的拱門，背面上端是水道橋，下面則是歐洲地圖，這座水道橋代表歐洲古典的建築風格，由此可見這座橋的重要性。雖然歐元紙幣在2013年又出新版，但此版目前仍通行，而且，五元紙鈔是面額最小的紙鈔，普及性強，尤其在法國，這張紙幣的通行更有意義。我有幸能到此一遊，並了解此橋的重要性，實在增長見聞。

加里格植被區的千年橄欖樹

在禮品店外休息時，同行中有位旅居法國多年的隊友楊翠屏，熱心地向我們這群提早遊罷的人介紹，在前往水道橋的路邊有片「加里格植被區」，其中有株超過千年的橄欖樹，據說是移植自西班牙。我聽說後很感興趣，見集合時間還早，趕過去一探究竟。原來「加里格」音譯自「Garrigue」，意指「生長於地中海地區石灰岩荒地上的低矮灌木叢」，主要由常綠矮灌木與草本植物組成，包括百里香、迷迭香、薰衣草等植物。原來自1985年此水道橋被列入世界遺產後，法國政府就積極維修此橋，並於2000年開放新建完成的遊客中心，並恢復舊時的加里格植被區，附近地帶均被列為保護區，山坡上有清楚路標供遊客健行，並可登上觀景台，從不同角度飽覽水道橋的宏偉景觀。我在植被區細細觀賞，不但找到那株千年橄欖樹，也發現許多數百年老橄欖樹，它們在這片盡是岩塊與貧脊硬土地上神采奕奕地挺立著，是在為水道橋做見證，也是為古羅馬的偉大建築做見證。

一場難忘的知性之旅後，我由衷感謝所有為維護此水道橋而貢獻心力的人，因他們的默默付出，使後人能見識到古羅馬人的偉大建築成果。

作者與千年老橄欖樹合影

8 海天相連處的藝術警語

在諾曼第（Normand）登陸七十五週年的前夕，2019年6月5日，我來到當年盟軍反攻的五個主戰場之一的奧馬哈（Omaha）海灘。如今這裡是法國南方的著名度假勝地，有著「金色海灘」的美譽，但在七十五年前6月6日那場震驚世界的戰役中，九千多位陣亡的美軍士兵將海水染成紅色，由「血腥奧馬哈」（Bloody Omaha）這個別稱，可知此戰役傷亡之慘重。

6月初的海灘寒意仍濃，在陰冷的寒風中，我看著徐徐湧向岸邊的海水，平靜地化作無數泡沫後消失於沙灘上，彷彿見到當年踏浪而至的美軍士兵們，剛到岸邊卻因無法躲避德軍機關槍的無情掃射而失去寶貴生命。

如今，平靜的海灘旁豎立著一組不鏽鋼雕塑，這組雕塑共有三部分，中間是七根長短不一的直立柱，兩側各有五片如單翼般的翅膀，以不同姿態優雅地立於沙灘上。這組雕塑是為紀念諾曼第登陸六十週年而建，如今仍光亮如新。我在雕像前思考它的象徵意義，想必是與和平、自由有關，長短不一的直立柱，象徵人類追求自由民主的堅定信念，奮力展翅是化信念為行動的具體表徵。七十五年前就在這海灘，無情的戰火吞噬了近萬條寶貴生命，這種悲劇不能再重演。

經歷殘酷戰爭後更顯得和平之可貴，這座紀念雕塑在海天相連的大自然中，用藝術語言警惕世人要遠離戰爭。望著平靜無波的大海，我祈禱世人能永享太平。

◤奧馬哈海灘上的紀念雕塑

9　曾經激起千層浪的那片海灘

2019年5月下旬，我去里昂參加歐華年會（即「歐洲華文作家協會」雙年會）及會後旅遊，之後，我又安排從里昂經法國南部鄉村到巴黎的深度遊覽，沿途飽覽歐式鄉間獨特風光，又參訪許多著名古城堡與壯偉建築遺跡，最後來到浪漫又迷人的花都巴黎。全程平安喜樂，實為幸事。雖然期間遇到羅浮宮罷工，許多事一波三折，我們仍努力排除萬難，最後得以入內參觀。可惜，無法進入聖母大教堂內親見其肅穆壯麗，頗覺遺憾，但佇立於塞納河畔憑弔慘遭祝融之禍後仍屹立的教堂外觀，也算是另類見證。

最難得的是，在諾曼第登陸七十五週年紀念前夕，我們來到了奧馬哈（Omaha）海灘——此地為二戰期間盟軍反攻的主戰場之一，想像一下當年該戰役中最為激烈的搶灘情景。

水池與石碑前憑弔二戰英雄

依照行程，我們在6月5日到達諾曼第地區，將會參訪二戰著名主戰場。然而，今年適逢諾曼第登陸第七十五週年，旅行社擔心當地因準備紀念活動而會拒絕遊客參訪，於是預先咨詢了一番。結果，得到的回覆是「歡迎參訪」，此消息令旅友們安心期待。當日在前往目的地途中，聽導遊解釋後我才明白，學生時代所學到的「諾曼第登陸」，這「諾曼第」是地區名而非海灘名。我們當日參訪的奧馬哈海灘，是1944年6月6日諾曼第戰役中盟軍決定的五個登陸點之一，是由美軍負責的攻擊灘頭；這海灘正對著英吉利海峽，當年盟軍為此反攻戰役，先製造假情報，不惜犧牲情報員性命傳遞不實登陸點訊息以蒙蔽德軍。年輕時我曾看過有關此戰役的幾部電影，如今前來實地參訪，心中甚是感慨！

遊覽車到達海灘前，所經過的村莊住戶門前大都插著法、美兩國國旗，相信當地人民，對當年為拯救德軍統治下的村民而犧牲性命的美軍是充滿感激的。當我們的遊覽車駛入目的地時，停車場內已停著許多二戰時期所使用的制式軍車，並有許多穿著二戰時期軍裝的軍人。我們隨著眾遊客一起入場，參觀紀念館後來到一方池水前，遊客們表情肅穆地凝視著水池前方的灰黑色石碑，這水池代表分隔英國與歐洲大陸的廣大水域，灰黑色石碑上以箭頭標示出五個海灘名，由左至右分別是Utah（猶他）、Omaha（奧馬哈）、Gold（黃金）、Juno（朱諾）和Sword（寶劍）。

◤奧馬哈海灘高地上的美軍公墓

原來這水池與石碑是在述說著七十五年前那場偉大的戰役，盟軍由海上反攻的登陸灘頭從三個增加為五個，其中「猶他」與「奧馬哈」二處由美軍負責進攻。這奧馬哈海灘全長6.4公里，有許多三十餘公尺高的峭壁，地形易守難攻，再加上惡劣的天氣與誤判的情勢，登陸行動慘敗，評論者將此地的搶灘行動稱為「血戰」，其傷亡之慘烈可見一斑。不遠處美軍公墓中所埋葬九千三百八十七名美軍大兵，正是這場諾曼第登陸戰役的犧牲者。

我站在石碑前，看懂了這場戰爭的艱辛，重新拾起沉重的腳步走向美軍公墓。這塊占地七十公頃墓園在奧馬哈高地上，是法國人民永久性贈予美國的。修理整齊的綠草地上規整地排列著白色十字架，站在這片墓碑前我好生感慨！這九千多位犧牲者中有四十一對兄弟，當年失去親人的家庭，他們所遭受到的悲痛，是戰爭帶給人類最巨大且直接的傷害。

◤左：奧馬哈海灘上參與紀念儀式的儀隊
右：當年參加戰役九十三高齡老兵（右側坐輪椅者）與部分本團隊友合影

奧馬哈海灘與盧溝橋的聯想

由高地向大海望去，我見到高地下方大片綠地連接著平靜的海水，突然，某種熟悉的心境湧上心頭，腦海裡瞬間浮現那年在盧溝橋上憑欄遠望河水的情景。在東方的中國，1937年的7月7日，「七七事變」的炮聲，令詩情畫意的石橋與河水風光變調，這聲炮響將苦難的中國人帶入八年的戰火摧殘。七年後的6月6日，在西方諾曼第地區這片寧靜的海域，竟也響起震驚世人的槍炮聲，因戰火而激起的千層浪，將無數年輕的生命捲入浪裡又沖向沙灘，最後，他們成為無法返回家園的英靈，躺在這高地上與已然平靜的海灘為伴。我會有此聯想，也許因為兩者都是與「水」有關的場景吧！

如今的盧溝橋雖不見古代熙來攘往的趕路行者，卻早已恢復在微波粼粼的河水中可觀賞壯美石橋倒影的景象。而今日的奧馬哈，有鮮美的海產與迷人的海灘，早已成為法國南方的著名度假勝地。只是，「盧溝曉月」再迷人，橋上的彈孔依舊提醒著人們戰爭的可怕；而奧馬哈海灘邊建起的紀念碑，同樣提醒著人們要珍惜可貴的和平。

望著平靜無波的大海，我祈禱世人能永享太平。

10　深閨中的美景
——劉家峽水庫、炳靈寺石窟

常見的絲路之旅行程，不包括劉家峽水庫與炳靈寺石窟，我在安排2019年秋遊絲路的行程時，意外獲得訊息，決定到那兒一遊，結果十分「驚豔」。

劉家峽：群山百態，幾重娟秀，幾重奇偉

9月11日清晨，我們由蘭州乘車前往永靖縣，到達目的地時我被眼前的一座牌樓所吸引，牌樓上寫著「黃河三峽」，我們將遊覽的景點將美壯如「長江三峽」嗎？我渴望一探究竟的好奇指數已達頂點。

穿過一片花叢我們到達碼頭，全團隊友分乘兩艘快艇出發。我一向愛回望景點的「來時路」，選了船尾坐定。不大寬敞的艙內尾端沒窗遮擋視線，只有幾支維安的粗鋼架，我可不受阻礙地暢快攝影。快艇開動，兩岸景色快速後退，船隻行過，在碧綠河水中畫出白色水道，令岸邊少有草皮覆蓋的山岩也顯得生動，水域寬處還可見到山岩倒影，我在觀賞之餘也不忘攝影留念。

就在我看得出神時，聽聞前座隊友突然大呼：「氂牛！」我轉頭見到岸邊草地有群犛牛正專心吃草，可惜我動作太慢，沒攝下珍貴鏡頭；幸好隊友及時按下快門，獲得珍貴影像。

快艇不斷疾駛，我卻發現水色漸成黃色，如同我日前所見壺口瀑布的水色一般。奇怪的是，水色轉變的同時山色也生變，

原本嶙峋的山岩因披上綠草而變得娟秀。快艇繼續前行，水色依舊黃濁，但山色又生變，再現缺少青綠覆蓋的山岩，卻生得奇壯雄偉。看著看著，山又轉色，綠草滿覆的山體雖不高大卻奇秀多姿。船速未減，山色與山勢卻屢屢生變，幾重娟秀綠嶺後接著是重重奇偉山岩，更有重疊山岩外的綠色山丘，彷彿是群山百態的展示場，看得我目不暇給。

此時我想起到達碼頭前曾見到的牌樓，上有「黃河三峽」字樣。話說這劉家峽水庫位於黃河上游，此段水流經過千岩萬壁間，水庫建成後的這片遼闊水域，快艇行駛其上，得見兩岸群山峻嶺奇峰突兀，雄壯峭壁與嶙峋奇石綿延不絕的千姿百態令人目不暇，此景果然與我多年前所見長江三峽中「巫峽」景致類似，卻不知為何不若「巫峽」出名？船將行至碼頭時，我發現有幾處奇秀山峰，頗有桂林山水風貌，令我喜出望外，這趟快艇行程所見真是美不勝收。

◤左：船隻行過，在碧綠河水中畫出白色水道
右：群山百態

炳靈寺石窟：鬼斧神工石雕，面目新不如舊大佛

下船後回望來時路，群峰巍然而立，倒影於水中的景色甚為別致，引我一再貪看。穿過一路楊柳，我們逕往炳靈寺石窟參訪；因從未聽聞此地，故十分訝異它居然在甘肅省著名石窟中排名第三。在路旁見到一塊已斑駁的石塊，正是此石窟的身份證明，右上角的「世界文化遺產」標誌，顯示此窟的歷史價值。說明文中寫著：「始鑿於西秦，後經北魏、北周、隋、唐、宋、西夏、元、明，清各代不斷增修擴建……。」見到此窟的年代記載，我對它就更為尊敬了。我曾觀覽過龍門、雲岡等石窟，然對此窟卻另有一份好感，只因它依山傍水，到此一遊既可欣賞石刻藝術，又能見山水景觀，真是一處難得的好景點。

據導遊解說，此石窟所在的巖壁，地質結構為細黃沙岩，易於開鑿雕造卻不耐風化潮解。幸而該地氣候乾燥，又處於峭壁高

◤走在柳樹道上回望來時路，群峰巍然而立

處，部分窟龕起了遮蔽作用，因而多處石窟中佛像得以保存；唯獨那座九層樓高的大佛，雖在明朝成化年間有過大規模維修，但由於是露天坐佛，歷經數百年的風蝕後已滿載歷史滄桑感，近年雖經當地政府花巨資整修，卻未能恢復古貌，整修後的大佛狀似新佛又一臉匠氣，我看後甚感遺憾。跟隨地陪展開的石窟參訪行程，原以為只是趟知性之旅，可認識各石窟的歷史與特色，卻意外得到指點，從不同角度觀看山形與峰頭，在「三分形似七分想像」的原則下，隊友們經歷一場別有特色的石窟行旅。

歸途中我回憶這趟旅程，炳靈寺石窟建於劉家峽水庫邊，有山水相伴的石窟藝術甚是難得一見，要欣賞此地的風光與石窟藝術，須乘坐五十分鐘的快艇。如此隱於山中水深處的景點，如同養在深閨的美人，我有幸到此一遊，甚為歡喜。

◤左側雙峰右側有一狀似上山虎的山峰

◤未能修復如舊的大佛

輯二

思親憶往

1　套褲

原以為今年是暖冬，卻不曾想到屋外的豔陽也未能驅走瑟瑟寒氣。不知在書桌前坐了多久，只覺雙腿寒意難耐，站起來揉了一會仍不見好轉，於是到浴室接了盆熱水準備泡泡雙足。

閉目享受著逐漸回升的暖意，卻驀地想起父親老年感嘆寒冬難度的情景。雖然家住在溫暖的南台灣，但冬季仍不免寒幽肅颯，尤其寒流來襲時在沒暖氣的房中確實冷瑟難耐。每到寒冬，父親總向我訴說腿冷之苦，有次談起年輕時行軍經過北方，曾見當地老人在冬季多穿「套褲」——那是分別穿在兩條腿上的棉褲，褲子上端縫有寬帶，在寬帶中穿上粗腰帶，就可將兩條棉褲繫緊在腰間。父親說這種設計很科學，棉褲若包住臀部會太熱很不舒服，如果只包住雙腿卻不裹住不須額外保暖的臀部，無論坐著或工作，都十分自在。父親感慨年輕一代的裁縫師不知如何縫製這種特殊套褲，以至於無法訂製這種方便又保暖的冬褲。

我聽說後，向一位山東籍同學的母親打聽，得知她會縫製這種套褲，立即拜託她為父親縫製。穿上套褲後，父親不再擔心寒流來襲，而我也以中國婦女的巧思為傲，她們能為生活在寒冷環境中的老人設計保護雙腿的特殊棉褲，多麼體貼啊。

移民來美後，每次返台總記得為長輩們帶些保護膝蓋的維他命，這時我也會想起已過世的父親。記得父親年過五十後就常為腰痠腿痛所苦，尤其是膝蓋疼痛，帶著護膝也效果有限，若那時能送上護膝補鈣的維他命，定會減輕父親的不適。幸好，後來有套褲為父親多少解決腿冷之苦。

如今我也步入花甲之年，血氣日衰，雖住在暖氣房中，但若久坐或活動量不足，仍會覺得雙腿寒冷難耐。再加上我患有靜脈曲張，腿部血液循環本不順暢，雙腿的寒冷現象漸成我冬季之重大憂患。雖可多加一條保暖褲，但在溫暖座椅上坐久後，臀部的確不舒服。這時特別想念幫助父親輕鬆過冬的套褲，更敬佩中國人此一智慧發明，那真是年長者冬季的恩物。

2　護肺

自我懂事以來，伴我「成長」的疾病就是「咳嗽」，每到季節變換時，我不咳嗽一陣子，彷彿無以昭告天下「春盡夏至，秋去冬來」，這種狀況直到我上中學後，抵抗力日漸強壯時才改善，但我也明白我的五臟中「肺臟」要特別保重。

大學畢業後我擔任高中國文教師，除作文課外，每節課都須結結實實地「口述」，保護喉嚨與聲帶的先決條件仍是「護肺」，當時就默認「護肺」將會是我終生不變的養生之道。

在那個網路尚未開通的年代，學校同事課餘也常利用「分享」來增進彼此間情誼，除「教學心得」外「養生之道」也是熱門話題。記得我曾因感冒咳嗽導致聲帶受損無法正常發聲，「吃飯的傢伙」受傷，直接威脅民生問題我很是著急，此時有位同事建議我去喝「蓮藕茶」，結果是效果奇佳。

每到感冒流行季，同事們也慷慨分享各家的護肺祕方，當時印象最深刻的就是「冰糖燉水梨」與「蜜製金桔」，我記得那時金桔在市場不常見，而自製「冰糖燉水梨」就容易了。果然，在我加強運動、注意營養並常喝自製梨汁後，咳嗽這老毛病似乎不再常來找我了。至於「蜜製金桔」，我一直沒機會自製，但曾在卡拉OK店中喝過金桔茶，的確有潤喉作用。自那年代開始，我就記住這兩種水果的好處。

移民來美後吃梨的機會大增，從秋季開始，東方超市的水果攤上就滿是各式水梨，我總會買些平價梨回家煮冰糖。自製食物最大的好處就是口味可自行調整，當然我不會做得太甜。有時還會將銀耳湯中加些水梨，吃得開心又安心，也兼顧「護肺」初衷。

女兒進入職場後發現她居住的城市有金桔，於是每年都為我做「蜜製金桔」。後來發現當地文友家中也種有金桔，從此我家「蜜製金桔」的貨源就更充足了。

今年春季新冠疫情大流行，我對自己的的肺臟極沒信心，護肺行動積極展開，除保持運動、注重營養與睡眠外，還格外重視「護肺」。抓住水梨產季的尾巴，每日喝梨水吃梨膏。就在此時又發現金桔上市了，買回金桔後，我親自作「蜜製金桔」。將金桔檢棄壞的後清洗乾淨，瀝乾水分後再將金桔劃上幾刀，以便熬煮時汁液容易流出，隨後加少許水下鍋煮，待水開後以溫火慢慢熬煮，此時金桔汁會慢慢釋出，果皮也會逐漸變軟，再加入冰糖熬成膏狀就完成了，放冷後裝瓶收入冰箱內慢慢食用。

最近在自製「蜜製金桔」時發現一現象，我在超市買的金桔有些仍帶青色未全熟味較酸，擔心影響血糖我又不能多加冰糖，最後決定放在粥裡同食。我愛吃薏仁粥，早餐吃薏仁粥時放些蜜製金桔，既沖淡酸味又別具風味，後來連吃燕麥粥時也放蜜製金桔，如此一來，單味的「蜜製金桔」，竟被我吃出多種風味來。

因疫情而禁足在家，針對自己對體質，我忙著自製食品以「護肺」，忙得很開心。

3 竹籬情懷

雖是春寒料峭時節，但鄰家的院中已溢出春之氣息，幾株瑟縮於紫薇枯枝旁的桃樹竟開花了，如青澀少女般的朵朵花瓣，在和暖陽光中綻放著欲語還羞的笑顏。我信步走過鄰家圍籬外的草坪，既心喜這一抹盎然春意，也懊惱這圍籬阻礙我欣賞整株花容。

將那一抹春意放入心懷，我繼續走在社區的人行道上，刻意環顧各家的圍籬，都是嚴實的木板材質，除門前的綠草地外，路人僅能觀賞到每家院內高過圍籬的花木。如我這過客，雖依然可在春季欣賞到多家院中漫出圍籬的野梨花，也可在盛夏觀賞到鄰家各色盛開紫薇花漫出圍籬的美景，但我總貪婪地想觀賞整株花木的美態，尤其希望見到透過如竹籬那般稀疏有致空隙間映出的庭院美景，這份愛好應源自童年家中的竹籬圍院吧！

我的童年在竹籬笆內成長，因為住在整排眷舍的邊間，有良好採光與寬大院落，因而擁有較大範圍的戲耍空間，玩伴們常來同樂。透過竹籬，看到結伴而來的玩伴我即開門迎接，黃昏時鄰家阿姨們對著竹籬一陣吆喝，小友們各自返家。玩伴們雖離去，但我覺得與他們玩樂時的歡欣情緒，順著竹籬間的縫隙仍依然聯繫著。春雨過後，鄰家的老爺爺會帶著我們這群小蘿蔔頭，沿著每家竹籬去尋「蕈子」，老爺爺輕易分辨出無毒的可食蕈子，帶回家炒食後的鮮美滋味我終生難忘。我家前院旁有個絲瓜架，黃花謝後孕育出的果實懸在藤蔓間，與隔街鄰家芭樂樹上的鮮果遙相對映，愉快地吸收著日光，並享受竹籬縫間吹送的徐徐和風。我愛這竹籬，它讓我覺得，我雖非住在田野間，卻享盡田園野趣，那種樂趣絕非今日沉迷電玩與手機的孩童們所能體會。

每隔一陣子父親會請人來換竹籬，我總愛端個小凳子坐在一旁觀看。工人們熟練地拆下舊籬笆，換下變色的舊木柱，重新挖洞埋下新柱，再釘上橫架，然後將一根根細竹片「編」在橫架上。孩提時代的我，看著枝枝竹片逐漸被編成圍籬，彷彿看見婦女手中毛線被織成毛衣般新奇有趣。

許多時候，新編好的竹籬笆會在空氣中散發陣陣竹香，清晨看著滴滿露水的竹片，顯得格外翠綠，我似乎忘記，無論如何，光鮮翠綠的竹片都會被歲月蹉跎出斑駁的痕跡，我就在竹籬的舊去新來間成長。當竹籬改成紅磚圍牆時，課業繁重的我，整日奔波於教室與家中書桌前，偶爾開窗，紅磚牆已阻隔我與外界的視線，彷彿也在我鬱悶的心中加上一道藩籬。

兒時與竹籬笆建立的好感深植我心，以致成年後我的現實生活也不願被密閉藩籬困擾。移民來美後，自買下目前這處有寬廣院落的房子後，我堅持使用花格木板來築建我家後院的小圍籬，是不想視野被嚴實木板圍籬遮擋。每到春季，我手捧咖啡，閒坐在落地窗前，抬頭觀賞院中的紫荊，側眼瞧著車庫旁的鳶尾花，再望望高大的Black walnut及與它相隔不遠的枇杷樹，若遇暖冬，枇杷樹上已開始結果。前些年無意間發現，圍籬外溪邊的榕樹頂端不知何時寄住了一株紫藤，短短數日間串串紫花在藍天的映襯下向我展露美姿，煞是好看！春末夏初高雅多姿的劍蘭與紫薇，也是圍籬內傲人的焦點。

左鄰右舍因我家後院的木格圍籬，能與我們共享院內的花姿葉態。我總認為院內的時花綠草，與院外行人分享不但是件美事，更是我童年與竹籬良好情感的延續。

4 醬油的魅力

常聽在中餐館工作的朋友說，到中餐館來用餐的美國客人，對「醬油」的興趣最大，有時菜剛上桌，還沒嚐味道就先灑醬油。

我想，「醬油」是美國飲食文化中的外來客，它除能為菜餚帶來「鹹」味外，還能提「鮮」，自然受喜愛。

醬油的滋味比「鹽」變化多，好的醬油除鹹味外，還有甘醇甜美之味。古人雖不懂所謂的「化學變化」，卻在生活中充分掌握了「化學反應」。傳統的醬油釀造法，是利用黃豆中的蛋白質，經發酵後所產生的胺基酸與鹽完美結合，而成為征服人類味蕾的重要調味品；因為它調和改進了食物的味道，它的滋味看不見卻嚐得出，更成為中國人生活中不可缺少的好滋味。

我對醬油的好印象始於兒時那碗「醬油拌飯」。自幼喪母的我，時常吃百家飯，有次父親加班晚歸，請鄰居照顧我與妹妹的晚餐，鄰家大姐正值發育期，開飯前喊餓，竟自己打開剛煮熟米飯的大鍋，裝碗白飯加上醬油與些許豬油後，調製出一碗色香味俱全的「醬油拌飯」。我聞香後十分羨慕，大姐姐也替我做了一碗她自母親那兒學到的美食，好吃極了！記得那是碗「在來米」飯，那年代香糯的「蓬萊米」比「在來米」好吃且珍貴，不曾想過，加上醬油與豬油的「在來米」飯竟也如此可口。許多年後，「方便麵」開始流行，人們都以為這種食物方便又可口，我卻仍鍾愛我的「醬油拌飯」，偶爾吃上一碗，我總認為它比「方便麵」好吃，也有我難忘的童年滋味。

因著對醬油的這份情懷，成年後我愛上了烹飪，特別喜愛用醬油來調味。當然，我早早就學會分辨「釀造」與「化學」醬油之不同，更知道隨著烹煮不同的菜餚要選用不同的醬油。廚房裡擺放著各種醬油，有低鹽的，也有淡色的，有為紅燒專用的，也有為涼拌菜專買的。女兒小時最愛吃我做的「蝦仁水餃」，我用淡色醬油調和豬絞肉與切小段的蝦仁，再加上蔥花薑末與麻油，調出香噴噴的肉餡，加入燙好切碎的菠菜後，煮出的水餃紅肉綠葉裹在白皮中極為誘人，鹹味適當十分可口

無意間我又學會了做「醬雞腿」，做了幾次後，我試著將深與淡兩色醬油調和，雞腿醃製後略煎再加糖熬煮，做出琥珀色般的成品，色香味俱佳。

移民來美後我最想念台灣的「子薑」，那種一刀切下去感覺不到有纖維阻隔的嫩「子薑」。每到「子薑」盛產期，我愛用它來炒牛肉。牛肉色深，調味時也要用淡色醬油，與料酒醃好後下鍋前加些蛋黃與太白粉，以保持牛肉的滑嫩，快炒後起鍋，盤中的牛肉紅得自然，「子薑」也爽脆可口，帶著絲絲辣味，真是難忘的好滋味。

多年的烹飪心得，我學會以醬油為基礎來調和不同滋味，將它與糖、醋等調和更能變出不同口味。如今年紀漸長，口味淡了，用醬油的分量減少許多，但兒時那碗「醬油拌飯」的滋味仍深藏在我記憶中。

幾千年來，跨越東西南北，醬油已成中國人日常生活中最基本的滋味，如今這滋味似乎也已進入西方。

5　我的第一枚私章

多年未見的老同學，由東岸來看我，我準備送她一本2018年得獎的新書，簽名後拿出我那隻放圖章的竹籃準備蓋章，看到多年來我收集的各款圖章，突然想起我的第一枚私章。說起這枚私章，它的由來與我的一件特殊經歷有關。

大約是1974年，那時我在念大學，台視與中視有些熱門的益智節目，如《計時開始》、《時間到》、《分秒必爭》等，朋友鼓勵我去參加比賽並替我報名。不久我接到台視通知，去錄製《時間到》節目。

錄影時間是週日下午，我進人台視大樓內指定的錄影室，報到後聽完講解，靜候安排錄影順序。這節目每週錄製五天的比賽實況，每天有五位來賓參加比賽，我被安排在第二場錄影，坐在第二個位置。這節目由五位特別來賓分別向參賽者提問，第一輪提問是針對問題的「提示」，然後才開始一對一正式提問。正式提問時特別來賓在一分鐘內敘述完問題，參賽者越早做出正確回答獎金越高，也就是說，獎金金額隨答題時間遞減。

正式錄影開始，針對我的第一輪提示是「從五柳先生想起」。聽到這提示後我心中暗喜，身為中文系學生的我，對一般陶淵明的問題都有概念。終於等到我題目了，攝影機對著我做特寫，我努力面帶微笑，只聽特別來賓說道：「猜一猜是幾斗米？」這題目太簡單了，我抬起「玉手」，按下面前的鈴，大聲說道：「五斗米。」原以為是在計時開始前完成回答，可獲得滿分六十秒的成績，誰知因我「出手」太慢成為五十八秒。得知成績後我心中很是懊惱——不知能否成為當日的優勝？當日的比賽終於結束了，結果是我和另一位參賽者同為五十八秒，主持人宣布我二人要再比一次以決勝負。

這是我始料未及之事，只得靜待主持人出題。很快地他唸出一道題。由於我對數目字反應遲鈍，聽到有關數目字的題目，我的思考即停頓，當場我並沒聽清楚這道題的完整題意，而是在節目播出時才聽清問題為：「二隻雞，三隻鴨，四隻青蛙，請問有幾隻兩棲動物的腳？」因我對數目字的慣性排斥，面對鏡頭微笑的我，給競爭對手充分的答題時間，我輸了。錄影結束後，主辦單位立即發獎金給參賽者，我是在倒數計時五十八秒鐘時回答出正確答案，應得獎金為五百八十元，扣稅後實得四百九十七元。

次年的退稅季節父親寫信告訴我，因我是學生身份，獎金中被扣稅的部分全數退回。父親用這筆錢為我刻了枚私章，那是我擁有的第一枚私章。

這枚壓克力材質的圖章，透明的章身內壓刻著花鳥圖案，以篆體陽文刻出我的名字。它放在一隻同材質象牙色的盒中，盒蓋上刻著一隻棲於枝頭的鶴，盒內有一小塊紅色印泥，美觀又實用，我非常喜愛。畢業後我開始工作，在那個薪水還沒自動匯入個人帳戶的年代，它每月陪我領薪水，許多文件證明也需要它的現身才生效，更重要的是它還為我與外子的婚姻做見證，端端正正地印在結婚公證書上。可惜的是，這枚陪我見證職場與婚姻的私章逐漸老去，從「玉」字的橫線上開始出現裂紋，終至斷裂。

移民來美前我又刻了一枚木頭章，放在那方小象牙色的盒中，留在台灣作為我的印鑑證明，舊盒伴新章留守台灣為我的許多事務做見證。這些年我收集過不少石刻，也添加了幾枚閒章，但我仍難忘這第一枚私章，更難忘那次參加電視節目的趣事。

6　清香晶瑩中的懷想

看著案頭上這杯清茶，我是愉悅的，只因它的色、香、味中蘊藏著我半世紀的記憶。

兒時家境清貧，愛飲茶的父親平日只買得起「茶葉末」，那是茶商包裝茶葉時剩在竹簍中的碎屑末，看不出茶葉的形狀，卻仍有茶味。記憶中父親是用玻璃杯盛茶，當熱水瓶中水注入已放茶葉末的杯中，一縷熱氣牽引著淡淡的茶香與逐漸轉色的茶汁，如變魔術似地挑動著父親的味蕾。只見他雙目微閉，調勻呼吸，認真地享受那份似有若無的陣陣清香。我童年記憶最深刻的畫面之一，就是熱水沖入杯中時，從杯底揚起的縷縷茶葉細末，如一群頑皮的小嬰兒，歡喜地享受著飄浮的快樂。我被那份喜樂感染，有段時間特別愛看杯中浮沉的茶葉末，這也是我對茶葉最早的記憶。

有一次，與父親同去茶行，見到老板收取茶葉末的過程，明白那是最廉價的茶，在心中暗暗起誓，將來一定要讓父親喝上好茶。後來，家境稍寬裕，父親開始喝香片。只見熱水注入玻璃杯後，捲葉與乾花受滋潤後漸漸變化，恢復原狀的葉片與花朵彷彿在感謝水分賜予重生，在杯中歡騰起舞，輕盈曼妙的舞姿與逐漸轉色的茶汁築建出一幅令我著迷的畫面，這與我記憶匣中茶葉末浮沉於茶汁中的景象迴異，好似記憶中的小嬰兒長大了。望著三五成群的葉片圍著朵朵茉莉在晶瑩的茶汁中擺動，葉片與茉莉的千姿百態正是茶汁與茶香由淡轉濃的過程，我在欣賞之餘不禁感嘆，這奇妙的變化正是人類智慧的結晶，我豈能辜負！於是向父親要了一小杯，初嚐茶味的印象是失望的，這杯香片的味道濃澀微苦，嚐其味不如觀其形與聞其香，我初次喝茶的記憶竟是這般矛盾，這也許是冥冥中註定的「茶緣」吧！

進入職場後，每次返家總不忘為父親帶上好茶。老人家仍鍾愛茉莉花茶，飲茶的步驟仍是閉目聞香後定睛觀其色，最後才開始品味。那隻他專用的玻璃茶杯總被清洗得晶亮，只為能觀賞悅目的茶色變化。我原以為父親飲茶只重色、香、味，直到一次我返家過年，在除夕夜聽父親聊家鄉事，我才明白他的品茶境界。父親出生於江南鄉村，當地有許多甘泉，幼年喪母的父親由祖母帶大，他自幼就喜愛飲用祖母以甘甜山泉水烹煮的龍井茶，水甘而潔為茶葉增色，正如明代張大復在《梅花草堂筆記》中所言：「茶性必發於水，八分之茶，遇十分之水，茶亦十分矣！八分之水，試十分之茶，茶只八分耳。」。來台後定居南部父親發現當地水質欠佳，在家庭經濟條件好轉後，他嚐試飲用香片，正是想以茶香伴隨花香，略微掩蓋欠佳水質無法成就的那份「記憶中的茶味」。當我瞭解父親的這份遺憾後，決心要為他尋找好水沖泡好茶，找回他「記憶中的茶味」。

年假結束後返校，聽聞學校有位歷史老師的先生在推銷「淨水」，原來是以逆滲透機處理後的飲用水，這種水除去自來水中的雜質後，成為取用方便的「軟水」，用於泡茶口感優於「硬水」。我訂購了一台家用逆滲透，為父親製造方便使用的軟水，也為父親選購了上等龍井。見他在品茗時，一面吟詠古詩詞，一面輕拍膝蓋，那份怡然自樂的神情令我十分欣慰。

一個長週末，我帶著未批閱完的學生作文簿返家，次日晨跑後，進門就被陣陣茶香所吸引，轉身見到父親案頭玻璃杯中片片挺秀的葉片正飄蕩於嫩綠的茶湯中，忽然一個念頭閃入腦際，此刻我見著了茶的形與色，也聞到濃郁的茶香，何不再嚐嚐其味之甘美？於是拿了隻小杯，從父親的茶杯中倒出些許茶水，淡淡的茶香與晶瑩的茶色，令我忘記兒時那口苦澀的茶味。不知是否因水質與茶質的不同，當我嚥下這口甘美茶水的同時，香氣撲鼻而至，甘醇爽口的好滋味令我精神為之一振。於是我索性為自己也泡杯好茶，在櫥櫃中找了隻潔白如雪的瓷杯，放入些許產自山區的青茶，沖泡後我貪婪地看著茶葉片的變化，嗅著濃郁的茶香，卻發現那股香味幽雅如蘭桂，又兼含文火烘焙的香氣。這種青茶產於台灣北部山區，那是我曾住過的地方，於是這杯茶中也有著我少女時的回憶。慢慢飲下茶汁，細細品味其甘醇潤滑，奇怪！茶的芳香令我渾然忘我，但茶汁入口後神清氣爽。瞬間；一個念頭閃入腦際：何不趁此時批改學生作文？以往我都在夜深人靜、做完家務、孩子入睡後才做的工作，如今在清晨運動及早餐後來做，竟覺得輕鬆無比。以往夜間久坐雙腿腫脹的問題在清晨都消失了，學生們滯礙不通的詞句也隨著陣陣茶香化解於我的眉批與總評間。一杯清茶魔力無限，我的生活因茶而有了變化，變得更有滋味。

移民來美後，我住在俄亥俄州鄉下，當地風景極佳，秋楓冬雪春花夏蔭四季分明，只可惜日常生活中缺少好茶。離我家最近的東方超市須駕車一個半小時，店內的貨品很普通，雖有茶葉品質卻差，不但沖泡出的茶汁欠缺茶香，且難得見到完整葉片更混摻了茶梗，如此的茶葉徹底破壞我的飲茶心情。

好在一年後搬到達拉斯，這城市有數家連鎖大型東方超市，店內充滿來自台灣與大陸的東方貨品，茶葉的選擇性大品質也佳，再度恢復飲茶時的心境是愉悅的。雖然東方超市有較多茶品可選，但我仍偏愛龍井。從櫥櫃中取出我返台時在鶯歌精選的茶壺與茶碗，湖綠色的外觀配上潔白內在，這套茶具給人冰清玉潔感，盛滿茶湯後，顏色更鮮活。在我對茶的認識漸廣後，我喝茶時不再只用杯，而開始用茶壺與茶碗，並學習使用聞香杯。龍井以色綠，香鬱，味醇，形美這「四絕」聞名於世，我在觀茶形色品其甘鮮醇美後再聞其若蘭般馥香，感覺甚佳。

品茗聞香間我常陷於深沉懷想，憶起童年種種，想著有茶為伴的歲月。在清香的茶味，晶瑩的茶色與甘美的茶味間，或展卷或創作，我的心境都滿足、愉悅。生活仍在茶香中進行著，我珍惜、感謝與茶相伴的每個日子，過去、現在與未來。

7　走在故鄉的藍藍海邊

自懂事起我就愛爬山，說到海，我總認為那是片一望無際的大水，我無法融入其中，不如人在山中那般貼近。

後來愛上旅遊，對「遊山」的興趣總高於「玩水」。2018年秋日返台時，有機會遊覽台東海岸風光，心中那個興致不高的「玩水」指數居然高漲，只因這些年聽到許多相關的讚美，我對那片藍色「大水」心儀已久。

彷彿上天也要圓我觀賞藍色「大水」的心願，在我們到訪那日，美麗豔陽天替代了連日霏霏細雨，為我們東岸遊覽提供最佳天時。坐在遊覽車內一路觀賞藍天白雲及無際海水的我，在遊覽車停穩後快速下車，緩緩走向那片我從未用心觀賞過的藍色「大水」。自移居美國後，這些年我雖每年返台，但從未想過去東岸旅遊，最後一次到東岸旅遊是在移居美國前南迴鐵路通車後不久，我與外子曾來此遊覽，那已是將近二十五年前的記憶了，對這片綻藍海水的印象已模糊。

這些年我走過不少地方，也在許多海邊駐足，但無論是夏威夷海灘的迷人浪花，或在邁阿密海灘踏沙戲水，我都覺得自己只是「到此一遊」的過客。甚至在愛爾蘭觀賞莫赫斷崖的步道上，面對「嘆為觀止」的遼闊海域，我也只是位留影後離去的普通遊客，沒有激動也無不捨。但走在東海岸邊，我竟激動得眼眶泛著淚水，眼前的海水也模糊，將我的記憶帶向遙遠的過往。

那年我上國小四年級，鄰居好同學周怡邀我去海邊遊覽，是

台灣東海岸

她那位飛行軍官父親的單位郊遊活動，提供豐盛餐點，我喝著生平第一次嚐到的「養樂多」飲料，赤著腳站在沙灘上，海浪輕輕沖向我的足踝，帶走了一層沙，我雖站在原地未動，卻感到身子已稍稍移位了，那份奇妙的感覺，與「養樂多」的酸甜滋味，一同留在我十歲的記憶中。

這是我心中對海水最古早的記憶，不記得當時海水的顏色，但絕非如眼前所見的這般耀眼的藍色，我眼前這片藍色的海水，藍得純淨、清亮，是我所見過最讓人心動的一片海水，我目不轉睛地看著，無法想像歲月是如何將這片年事已高的海岸沖刷得如嬰兒般純潔無瑕！繼而對自己忽視故鄉美景而心生愧疚。

海浪以優雅的舞姿向岸邊游動，一波接著一波，彷彿在低聲對我訴說：「久違的遊子，歡迎妳回家。」隨著層層浪語的低喚，我心中被壓抑的鄉愁驟然湧出，原來在我心深處有塊角落，存放著我不願深入思慮的情愫，包括許多我以為早已退出心田的記憶，如今在浪語的低喚中它們又鮮活地浮現。

我出生於南台灣的小鎮岡山，住家東邊的大崗山是我返家時追尋的指標，放學了，朝它走去家就近了。放假時，和玩伴們騎自行車出遊，到大、小崗山上採桂圓，到彌陀海邊戲水看夕陽。後來北上念大學，參加師大的「登山社」，爬遍了台北近郊的山頭，難忘攀爬皇帝殿時的驚險刺激，永懷初見「翡翠水庫」那一潭碧綠時的驚豔感覺。記憶慢慢推近，成家後，住在南台灣的鳳山，附近的澄清湖是女兒最愛的遊樂地，炎炎夏日在湖邊樹間吊起網床閱讀小憩，日子過得好愜意，那片碧藍湖水與清新空氣也奠定女兒日後主修環保的基石，她要盡力保護世上的好山好水。偶爾回娘家，帶著女兒再到彌陀海邊看夕陽，卻想著要向豐收返航的魚人買些鮮魚。我好訝異，伴隨我過往歲月的竟是一幅幅清晰的山水好風光，原來我塵封記憶竟鮮活如新。

眼前的輕浪如老朋友般地低訴讓我好感動，原來年輕時代的我不懂得欣賞大海時，它已悄悄住進我心中，為我存入生命中的點滴，並保持它們的鮮活。歲月的沖刷洗禮沒影響它在我心底的位置，即使我不在意它，它仍替我守護著日積月累的記憶。如今，我心中這片記憶之海，讓我看懂了海，原來以前我不懂它，不懂它的包容與壯闊，不懂它的深不可測，更不懂它的千姿百態，但它仍不離不棄地在我心中守護著我無意間存入的一切，因為它知道，等我成熟後自然懂得什麼是大海。

我抹去眼角的淚水，貪婪地望著眼前這片包含世上所有美麗藍色的大水，原來以前我看不懂它時它已悄悄住進我心底，它曾如一首小詩般地陪我度過歡樂青春，又如慈母般地伴我行過艱辛歲月，如今我老了，它仍承載著我生命的點滴。

走在故鄉的藍藍海邊，輕輕舞動的浪花竟令我悟出心底所珍藏的一切，我將繼續珍藏、回味。

◤台灣東海岸

8　我與電話及手機

因父親曾任電話系統的主管，自我懂事開始，家中就裝有電話，更常聽父親講述與電話有關的故事，再加上電話實在是現代人必備的工具，我對電話一直存著份特殊情感。如今我已是坐六望七的老嫗，由電話到手機，我仍清晰地記得它在演進過程中與我的關係。

高中畢業離家去就讀大學，我與家人的聯絡方式，除書信外就是通電話，但那時父親已退休，家中尚未裝設自動電話，村裡只有一支公用電話，每次要與父親通電話前，我須先打電話請負責接電話的鄰居去請父親來等候，我再打過去才能與父親通話。記得那筆電話費是昂貴的，我也只能存夠費用，在父親過生日這種重要日子裡聽聽父親的聲音。

進入職場後，我立即為父親裝電話，那時已是自動電話，話質清晰使用方便。父親總在他睡前和我通話，我自幼熟悉的電話，又再度扮演聯絡父女感情的橋樑。我自幼喪母，與父親相依為命的情感自然格外深厚。誰知1987年十二月第一天的晚上，父親與我通完電話後，次日就因腦溢血而昏迷，七日後去世，那晚父親與我在電話中的親切談話，竟是與我的話別，冥冥中我們父女與電話居然有如此情緣，至今想起仍不勝唏噓！

九零年代中期「手提式行動電話」問世，也就是俗稱的「大哥大」，但價格昂貴體積也大，又是座機形式，所以並不普遍。自九零年代後期「行動電話」價格大幅下降，終成為人們日常不可或缺的電子用品，漸漸地，「行動電話」演進為更廉價又方便的「手機」，與人們的關係就就更密切了。

本世紀初期，我與外子曾為經商而經常去亞洲，有一次接連在台北、香港與上海間奔波，赫然發現手機已十分普及，尤其在香港搭乘地鐵時，看到人們以手機通話時的輕鬆表情，甚感驚訝！眼見這道特殊風景線的同時，我向發達的科技致上無限敬意。

算算我使用手機已有二十年，但仍依舊懷念沒手機外出須使用公用電話的年代。前幾年去英國旅遊，在倫敦街頭看到紅色電話亭的激動心情，自己也覺得驚訝不已，我對耀眼電話亭的興趣甚至高於「大笨鐘」。呆立在電話亭前，我回想台北街頭越來越稀少的藍色公用電話，記得尚無隨身WiFi的年代，我返台時沒市內手機，與人聯絡必須使用公用電話，我曾多次通完話後，將新買的電話卡留在公用電話插口處。近日聽說倫敦街頭紅色電話亭將絕跡的消息，心中的不捨之情就如同我懷念台北街頭的藍色公用電話一般。

就在我們旅遊團到達愛丁堡的那個黃昏，我收到女兒遊伴傳來的簡訊，女兒與友人正在西班牙旅遊，到達的次日清晨早餐時她遺失了手機，那當然是件很掃興的事，幸好女兒想得開，她說還沒拍照，損失不大。去年我與文友們同遊法國，有位文友從里昂機場搭計程車到酒店的途中，將手機遺失在車內，後經另一位友人的女兒，以遠程定位並發警報聲嚇阻司機後才被送回，她歡天喜地送禮物答謝友人之女，又送賞金給司機，一場愉快旅遊才沒變調，至此我明白手機在旅遊時的重要性。

自從開始使用手機後，我就與它形影不離，尤其外出找新地址，無論就診、購物或訪友，手機的導航功能實在方便，遇有特殊事故還可照相存證，因而我外出必要帶著它才安心。後來更因手機超強的照相功能，我外出旅遊連照相機也不帶了。

如今我對手機的依戀，既有它與我成長的密切關聯，又有它不可或缺的實用價值，真是密切啊！

9　孩子們的寵物情懷

老同學傳來一組她兒子的結婚照，新娘甜美端秀，新郎英挺帥氣，我看了十分喜歡。有趣的是，其中一張照片新娘懷抱狗兒，新郎摟著愛貓，這對寵物的脖子上還繫著與新郎西裝同色系的領結，一副盛裝打扮，很是可愛。同學在簡訊中戲稱：「他們與一雙『兒女』合影，這是他們的『全家福』。」我看了大笑，真是可愛的孩子，雖然已到結婚年齡，依然童心未泯。

回想我們結婚生子那年代，家中最多兩個孩子，若是一男一女，都成了「獨子獨女」，於是孩子們與寵物為伴的情形極為普遍。我妹家中的一對兒女也愛寵物，在台北空間有限的公寓中養了「一家四口」吉娃娃，與一隻醜得可愛的賴皮狗，我每次到訪，在鐵門外就聽到一片「歡迎聲」，進門後我只能「正襟危坐」，否則吉娃娃們以為我心懷不軌，會對我齊聲狂吠示警。

至於我女兒，更是愛寵物成癡，自小學開始，家中就養了隻身價不菲的馬爾吉斯犬，當然那是她數月努力「勤學」的獎品。上國中後女兒更是愛心無限，同學發現校園中有流浪狗新生的小狗，一定告訴她，她就淚眼汪汪地抱回來請我收留，我因而練就一門為流浪小狗找寄養人家的本事，因為我這「本事」深受女兒同學們「愛戴」，我曾高票當選家長會長。

移民來美後，女兒念大學前，收養了一隻流浪到我家後院的貓兒，為了照顧好她收養的第一隻貓，女兒特別到圖書館查找資料，瞭解貓兒的習性後和我一起照顧。自此她覺得養貓比狗

◤小芝麻

容易，大學畢業進入職場後，巧遇室友也愛貓，兩人到流浪貓狗中心各收養了一隻混種的波斯貓，養得不亦樂乎！除正常餵養外，還帶去參加貓兒選美大賽，那隻美麗的貓姐曾獲得亞軍，還贏回許多貓食。可惜去年這對貓兒姐弟先後病故，其中這位貓姐過世前患尿毒症，經女兒悉心照顧而延長了一年多壽命。

這對貓兒過世後女兒非常傷心，本不想再養寵物，但仍抵不住自幼與貓狗們建立的特殊情感，又去領養了三隻貓。女兒對我說，她和室友在領養兩隻灰貓後，發現角落的籠中有隻黑白色小貓，楚楚可憐地看著女兒，她立刻愛上了這隻小可憐，一起帶回去養。將貓清洗乾淨後，女兒發現這隻小黑白貓的白爪上有一小團黑毛，像極了一粒被咬了一口的芝麻湯圓，於是叫牠「小芝麻」。

小芝麻原是隻流浪貓，被送到收容所前已練就一身求生本領，但也對生活環境充滿不安全感，成為家貓後，牠的過往經歷使牠看來特別伶俐，經歷過野外求生的辛苦，牠不挑食也容易滿足，因此特別受女兒寵愛。近日因疫情緣故，女兒也禁足在家工作，工作疲累之餘與小芝麻戲耍一番，也使禁足時光好過些。

想到孩子們與寵物間的特殊情感，我真的很有感觸，那些我們忙於工作的日子，幸虧有寵物與孩子們為伴，如今孩子們長大了，他們自然仍會珍惜與寵物間的情誼。

10　永不消散的味道

雖然我不確定這隻樟木箱是父母何時購買的，但我很肯定它的歲數和我差不多。

自我懂事起，這隻樟木箱就被放置在家中另一個厚實木櫃的上端，我常仰望它遐想，總以為裡面放了珍寶。

我自幼喪母，上中學時就已能操持家務，每年冬季過後，我會將清洗曬好的衣物收存。初次做此收藏活時，我才看到樟木箱中的「寶貝」。要打開此箱，我必須站在椅子上。打開箱子那一刻我驚呆了，不是看到什麼奇珍異寶，而是被一股特別的香味吸引。這香味清淡幽香久久不散，過了好一會兒我才回過神來，看到箱中放著父親的勳章、證件及幾卷字畫等物。我騰出空間放入冬衣，蓋上箱子後問父親，才知剛才我聞到的是樟木箱氣味，衣物放於其中可避免被蟲咬。如此，許多年在我心中存疑的珍寶箱之謎解開了，我也就此記住了樟木箱的氣味。

往後的歲月，我家曾換添過許多傢俱，老宅也曾改建，但樟木箱依舊被高高擺放在屋內，它像是位保管我家財物的總管，雖然我已知其中並沒財寶，但我依舊愛它，特別是每次打開時聞到的香味，直到那天打開它，取出父親的壽衣，樟木箱在我心中有了另一層意義，它的氣味陪著父親長眠地下。

約三十年前，我移民來美，隨後由海運來到的二十箱行李，就包括這隻樟木箱，裡面放著許多父親的墨寶與遺物，也算是一箱來自家鄉的親情；如今它的外表已陳舊，但內在的氣味依然如舊，那股隨著我成長的氣味仍未消散。

輯三

老之已至

1　服老

那日清晨起床，發現左膝無力，步履蹣跚地走到電腦桌前坐下，輕揉著外觀無異狀的膝蓋，突然摸到膝蓋背面有一腫塊，嚇得我立刻與家庭醫生聯絡。趕去診所，照X光片的結果，發現我的膝蓋骨間空隙變窄，診斷結論是「嚴重關節炎」。其實我左膝蓋不舒服的感覺已有數年之久，最近一次是數週前去女兒家，上下樓時明顯感覺左膝蓋無力，即便如此我也沒想到膝蓋病變已嚴重。

醫生給我開處方前，發現我因心臟裝支架還在服用抗凝血藥，與她準備給我開的藥相牴觸。我說一週後我有心臟科預約，記得心臟科醫生曾說，裝支架手術滿一年後，我就可停服抗凝血藥，如今正是我可停服此藥的時刻。家醫聽我說明後囑咐我一週後再回診決定如何用藥，並囑咐我要注意保暖、使用護膝並服用保護膝蓋的維他命。

回家後我心情鬱悶，只因心中不斷咀嚼家醫的話：「膝蓋骨間的空隙變窄後，藥物也無法恢復，若日後更嚴重，可以手術植入支撐架。」這句話中使我陷入悲哀的是「無法恢復」，那代表著「年華已逝——老了」。人本就會越來越老，但老的跡象不明顯時，還可假裝「不知老之將至」，如今老態已至當如何面對？我該調整心態了。

回想這幾年我得病看診時，已不是首次被醫生「判」定「無法恢復」：四年前我的右眼罹患「青光眼」，病症來勢洶洶，眼壓突然升高至六十，手術前我的視神經已受損，醫生說受損部分「無法恢復」；當年我剛邁入「耳順之年」不久，並未因這「無法恢復」的部分視力而沮喪，反倒慶幸手術與藥物拯救了其餘的視力。事隔數年，健康狀況明顯衰退，自心血管裝支架後，我開始面對「老」已悄然而至的事實，只是內心還不願承認。

心情沮喪期間，與一位老友通簡訊，訴說我對身體器官老化「無法恢復」的感傷，因「老之已至」而憂傷。她比我年齡稍長，回簡訊覆我道：「妳真行！這會兒才知道老了。」這位老友個性開朗，熱愛旅遊，兩年前因膝蓋過度受損而不良於行，2019年初動過膝關節手術後，九月仍與我們同遊絲路，旅遊期間她行動雖緩慢，但遊興甚高。我看了她的回信後，明白她已在安享老年時光。

聽從醫生建議，我使用護膝並加強膝蓋保暖後，左膝已不再疼痛，心情也漸開朗，仔細思考：「老之已至」該以何種心態面對？腦中不停閃入老友旅遊時拄著枴杖、笑容滿面的影像。的確！人若生來就須面對「逐漸老去」這事實，沮喪只是徒增煩惱，不如欣然面對。

如今的我，雖身體有恙，但即刻起加強保健，往後依然可降低生病機率。再則，兒女都已事業有成，我培育下一代的責任已了，且已到退休年紀，本當安排自己喜歡的生活。我愛旅遊，早些年已遍訪神州大陸的名山勝水，這些年更走訪南美與歐洲的名勝。翻開照片存檔，我見到自己遊覽馬丘比丘時，站在印加遺址上與白雲青山合影時愉悅的神情，又見到前年暢遊英倫三島時留下的美景，我更喜歡與外子在埃及金字塔前留影的開心表情，以及我夫婦登上凱旋門與巴黎鐵塔時的歡樂情狀，其實我已活出老年生活的歡樂篇。

想到這，我心情大好，今後在家除注意保養身體，還要補讀平生未讀書以修心養性，趁著行動仍方便，繼續外出旅遊，老年既已到來，不須沮喪，只當安享，我服老了。

2　物理治療

前陣子，因醫生診斷出我得膝關節炎，除給我服用處方藥外，還建議我去做物理治療。我問醫生：「物理治療對膝關節炎有何助益？」醫生說，藉著訓練大腿肌肉的強壯，可減輕膝蓋的承受力，面對年齡漸長，膝關節逐漸衰弱的事實，有必要做這項治療。

移民來美將近三十年，我曾因患白內障與青光眼在醫院接受手術治療，前年又裝了心血管支架，但從沒嘗試過物理治療。半信半疑的同時，想到自己還有一種疼痛，已困擾我多年：2005年我曾出過一次大車禍，當時左肩受創，雖接受治療，但卻落下左肩疼痛的毛病，於是請醫生將物理治療的部位再加上左肩部。不知是否因為銀髮族多須此項治療，我到理療診所後才知Medicare對這種治療的補助非常優厚，再加上我本身原有的優厚醫療保險，我做物理治療所需要的只是時間、信心與耐心。

首次治療的前半小時完全是理療師對我的「問診」，她將我的病況輸入電腦後，得出一系列的治療方案。所謂「方案」，就是理療師將要指導我做的一些「動作」，這些動作可幫助我的疼痛部位消炎、鎮痛、鬆解黏連、軟化瘢痕。也許是左肩部的舊傷較左膝蓋嚴重，兩次治療後我感覺左肩部的痠痛明顯減輕。不由得想起出車禍當年醫生的話，他說我受傷部位附近有黏連，韌帶受傷後也可能會留瘢痕，日後仍會常痠痛。果然，受傷兩三年後，我的左肩部痠痛就如影隨行地困擾我，多年來我總以貼膏藥、按摩甚至吃止痛藥來對待此痼疾。

最近幾年我的痛苦加重，只因車禍後不久，我在自家商店的倉庫摔倒後無法起身，是由救護車送往醫院急診，照X光片後確定我的骨頭沒摔斷，醫生給我打強效止痛針後就叫我回家休息，痛苦減輕我能正常活動後就沒繼續追蹤治療；次年體檢時，家庭醫生在我的肺部X光片中發現，我腰部有塊脊椎骨被壓扁，那正是當年摔傷的部位，但不知當時的X光片為何沒顯示壓扁的影像。因為這個傷害，我左側腰部的肌肉日漸僵硬，常常是左側頸、腰部一起痛，在痛苦之餘我為自己刻了枚閒章——「半殘老嫗」，是自嘲也是自憐！如今左膝蓋也出狀況，眼看我的晚年歲月將被無盡的肢體疼痛所困擾，幸好正確的物理治療拯救了我。

如今我接受的治療，正是藉由不同的肢體動作與反覆的局部運動，達到鬆解黏連、軟化瘢痕的作用。理療師說，針對受傷部位做正確的運動不但可減輕傷痛症狀，並激化肌肉的活動力，矯正錯誤生活模式，以減緩肢體老化的速度，且逐漸治癒傷痛。數週的治療後，我身體因受傷與老化所引起的疼痛明顯減輕，更有趣的是，我駝背的狀況也大有改善。年輕時我身高將近一百七十公分，這些年因駝背身高也縮水了，一直以為這是人老後的自然現象，如今才知道是因長期左肩疼痛造成不良姿勢所致。原來物理治療不但減緩了我的疼痛，也矯正了我的不良姿勢。

「物理治療」，這個原先我完全不瞭解的名詞，竟解除我十餘年的痛苦，我的生活品質也因而提升，人到晚年能遇此等幸事，我心中充滿感恩！

3　我也是有架子的人了

發現自己心臟有問題是2015年初的事，為了準備動青光眼手術，醫生要求須先看我的心電圖，家庭醫生在對我解釋心電圖報告時說，圖表顯示有幾處該往上的指標往下了，建議我去看心臟專科醫生。

專科醫生仔細檢查後，讓我站上跑步機，他吩咐我快速跑步後數分鐘，向下的指標往上升起，醫生鬆了一口氣，宣布我的心臟沒病，於是我順利做了青光眼手術，數月後再遊祕魯，還到達世界最大且最高的高山湖泊——的的喀喀湖。

日子照舊過著，面對美食我從不忌口，每年兩次體檢，膽固醇與血糖雖偏高，但都在警戒線上不遠處，自認可以食療法控制，不願吃藥，醫生也不勉強我。自心電圖事件後雖自我提醒飲食要節制，但平日總向美食低頭，唯一做到有益健康的行為是經常運動。我本是個勞碌命，一天到晚忙不停，也因此自我感覺良好地暗自竊喜——「我雖愛吃但並不懶做」，全沒在意心電圖事件是個警訊。

日子雖過得輕鬆自在，但身體上有些變化偶爾令我憂心。不知從何時起，我總覺得須深呼吸才喘得過氣來，更有甚者竟常聽到心臟快速跳動，彷彿要自胸口跳出，但當一切平靜後我也沒往深處想。去年秋季與文友同遊高海拔的稻城、亞丁，行前準備了高山症藥，在最高海拔山區也吃了兩次，其餘一切正常。但在往沖古寺路上，我卻無心觀賞湖光山色，只因上坡路段舉步唯艱氣喘不已，胸悶脹難耐。當時心中甚是憂慮，但回家後一切恢復正常，我也失了警覺心。

過了一陣舒心日子後，我逐漸發現每日在跑步機上運動時深度喘氣機率漸增，跑低坡度時還不覺吃力，將機器調升至上坡時總要放慢步伐才能勉力為之，最多也只能跑十五分鐘。即便如此，我仍沒想過心血管病症已悄然上身。

2018年六月底體檢時，醫生發現我的心電圖問題依舊在。再度去看心臟專科醫生，還是兩年前的醫生，我告訴他這陣子身體的不適，擔心是否有血管阻塞。醫生同意做相關檢查，迅速安排我做電腦斷層掃描。不久接到護士來電，說是檢查有結果了，醫生要見我。安排好門診時間，心中開始忐忑不安。醫生見到我未開口談我的病情前先握住我的右手測脈搏，隨即說到：「很好！妳的脈搏強而有力，手術可從右手動脈做。」我聽說要做手術已是緊張萬分，卻也有些不明就裡。醫生見我一臉狐疑，就打開電腦讓我看掃描結果，原來我心臟動脈末端已有高於百分之七十的部分被阻塞。我當時還不明白問題的嚴重性，直到醫生詳細解說後我才瞭解，自己已在鬼門關外排徊了。若非體檢查出端倪後追蹤病源，待發病時可能已無力回天。此時才知以往忽視的膽固醇偏高問題，如今已釀成大禍。想到自己未善待這顆整日辛勞的心臟，心中甚是愧疚。

順利做完手術後，醫生到恢復室來看我時說的第一句話是：「妳的餘生都要常來看我了。」我微笑著感謝他完成這次成功的手術。隨後他以壁上電腦解說我手術前後的圖像，也知道我餘生都將與數種藥物相伴。此時既為重獲新生歡喜，也為結束不服藥生涯而懊惱，只怪自己太大意平日飲食失當。

朋友在我手術後調侃我說：「妳現在也是有架子的人了。」幾聲苦笑後決定寫下這段經歷，這種「架子」還是少裝為妙。

輯四

異鄉見聞

1 萍水相逢

一位開餐廳的朋友說，有天她店裡來了位電話訂餐後來取餐的客人，付款時所使用的那張信用卡店裡不接受，再拿出的另張卡又被拒，除這二張卡外她皮夾中無現金，正在發愁時，旁邊有位來取餐的女士說：「請把她的帳放在我的卡上」。

朋友對我說，慷慨助人的這位女士只花十五元餐費，卻為萍水相逢的客人付了二十多元餐費，她的慷慨相助也替朋友餐廳減少損失，因為無法付費的客人最後肯定會退掉已做好的訂餐。

我聽完朋友的敘述，又想到好友湘怡曾說過的一段經歷：數年前，她在中國超市買菜，結帳時看到令她難忘的一幕——一位太太買了將近百元的食品，結帳時發現皮夾中唯一的信用卡被拒，而店家又不收支票；這位太太說她家住鄉間，帶著幼女進城來買東方食材實在不易，央求收銀員通融收她的支票，但礙於店規收銀員無法通融；此時後排一位女士出來解圍，願為這為萍水相逢的太太付費，並接下她簽的支票。湘怡說，她做生意多年，早期Debit Card尚未普及前，她店裡時常收到無法兌現的支票，因此她特別欽佩那位站出來幫忙的女士。

以上兩則小故事令我想起大學同學所說的真實遭遇：她是位來自台灣南部的窮苦孩子，在台北半工半讀，那年年假結束後搭乘火車返回台北工作，買預購票時計算好能趕末班公車回到新店山區住處，卻因火車誤點，到達台北時已是午夜，沒有公車可乘；眼看她將露宿街頭，沒想到與她同座的女孩，竟邀她前往姑姑家住，這女孩的姑姑家就在台北火車站附近；女孩帶著我同學來到姑姑家說明原委，這位姑姑只要求看我同學的身份證後，就答應留宿她一晚。這個事實發生在1973年，而此件事至今都是我所聽聞過最難忘的溫馨事，兩位萍水相逢年輕女孩的偶遇，在相互信任的基礎上，將人性的至善表露無遺，那個年代的人心特別令我懷念。

如今多元化的社會雖為人類帶來許多便捷，卻也牽引出無數駭人聽聞的欺詐事件，人與人之間缺乏信任。並非現代人不如以前人有善心，只是太多的「戒備心」阻礙了人的善念。

我常想，我這一生經歷過幼年時代的清貧社會，物質生活雖不富裕，但精神上輕鬆自在。如今已近「隨心所欲」之年，物質生活充裕，但精神上卻不敢放鬆，隨時隨地都會收到詐騙訊息，那些似是而非的留言常令我忐忑不安。因此聽說今日社會仍有幫助「萍水相逢」之人的事蹟，我總是格外感動，真切希望今後的社會能有更多溫馨助人的好事。

2 春來話彩蛋

時序已入春，雖然北美各地仍不時傳來強風雨雪特報，但一場春雨一陣暖，春的腳步近了。春季除百花盛開外，各種應景節日活動也逐漸登場，我對復活節繪製彩蛋特別有興趣。

復活節是西方國家慶祝耶穌復活的紀念日，而用雞蛋作為復活節的象徵性物品，是認為雞蛋能孕育新生命，以此寓意來慶祝耶穌復活。我在美國朋友家看過父母與孩子一同彩繪雞蛋，再由家長藏於院中後邀約孩子與朋友一起來尋找，這種慶祝活動在教導孩童要重視友誼關愛生命，也是美國家庭每年一度的重要親子活動之一。

只是我最初所見的彩蛋十分簡單，多是將煮熟雞蛋的外殼染上不同顏色。直至見到一位老同學張琦的手繪彩蛋後，才開始對彩蛋的製作感興趣。張琦說，每年復活節前月餘，她便開始採購

◤左：以郵票為圖案
右：千禧年紀念
（照片由張琦提供）

新鮮雞蛋，首先將雞蛋兩端以縫衣針打個細孔，再吹出蛋汁後放置一旁，直至蛋內完全乾燥後才能開始準備為蛋殼著色。由於吹蛋汁時失敗率極高，所以她總會預備較多新鮮雞蛋。

張琦又說她彩繪蛋殼的方法是自創的，旨在培養女兒的繪畫興趣。我這位同學的藝術天份極高，她所製作的彩蛋，無論在打底色、配色與繪圖各方面都頗具特色。隨著她女兒成長與興趣轉移後，她和女兒為蛋殼做的妝扮也在改變，甚至在女兒愛上集郵後，將特殊郵票也用做創意素材，她說如今已入職場的女兒仍保留這些成長的點滴。聽她以如此特殊方式陪著女兒成長我甚為欽佩，但她總謙虛地說只是好玩，不如鏤空蛋雕那般須高超技藝。

2016年暑假，我到北卡羅來納州訪友，在友人家附近的藝術街上，見到一家以販賣「蠟製」復活節彩蛋為主的專買店，店主本人就是彩蛋的創造者，在現場製作客人特選花色的彩蛋。她的桌上擺放著許多有著基本圖案與數層色蠟的彩蛋殼，以及處理完善尚未著色的白蛋殼，客人購買時店主只須依照其所愛色彩與圖案來製作即可。我見她先以蠟燭之火將一粒已著數層蠟色的蛋殼

◤左：青花瓷色
右：唐詩句
（照片由張琦提供）

略加熱，蛋殼上的蠟軟化後就成為一片新畫版，再以特製畫筆仔細勾勒，一幅符合顧客需要的圖案就完成了。原來的圖案是綠底咖啡色線條，圖案稜角分明。經她加工後底層的紅色現出成為主體色，再刮下遮蓋黑色的部分雕成菱形圖案，最後剔除遮當金色的部分，將金色引出刻成細線做金邊，整個蛋殼彷彿注入皇家貴族血統，呈現一派富麗堂皇的神采。

我在一旁看著藝術家如變魔術般地不斷創造新圖案，實在歡喜極了！轉身看到她在牆壁上貼滿說明，舉凡色彩的寓意和山水、動植物與線條圖案的象徵意義，她都詳細說明，客人看過說明後選出合意圖案來請她製作彩蛋。這是我首次對復活節蠟染彩蛋製作的全面認識。

因為這次的意外收穫，我特別上網查找俄羅斯彩蛋的相關資訊：原來最初的復活節彩蛋源自俄羅斯皇室的喜愛，它是能工巧匠以金銀珠寶打造出的貴族玩物，隨著皇室的滅亡，精雕細刻的彩蛋精品大多遭遇顛沛流離之命運，最後終因珠寶的昂貴價值與能工巧匠的創製成果難以磨滅，為數不多的皇室珍藏彩蛋遂成為收藏家們的寵物。

由於珠寶太昂貴，平民化製造彩蛋的方式逐漸產生，無論蠟染或普通著色法，彩蛋製作的精神在強調生命的寶貴，當大地回春欣欣向榮之際，應節的彩蛋也為春日歡喜添色。

我望著窗外院中剛露嫩芽的草坪，這初春的第一抹綠生機盎然，已讓我開始期待今年復活節社區的彩蛋展。

3　書本的醫生

文友來電，問我「呆」與「待」兩字的正確用法，我立刻從案頭取出《正中形音義綜合大字典》——這是我識別中文字形、字音、字義的寶典，也是我二十多年前移民來美時，從台灣海運到美國的重要家當之一。自我擁有此書後，它不斷為我解惑釋疑，算算已伴我四十餘年了。

將字典擺放在書桌上時才發現書殼已剝落，原來我用來黏貼書皮的透明膠紙帶已完全脫落。不記得從何時起，我開始用膠紙帶黏貼大字典脫落的書皮，如今連這種克難辦法也失效了，心中滿懷歉意，沒能妥善照顧為我服務的大字典是我的疏忽。轉身奔向外子的電腦桌前，請他幫忙修復此書。外子看著我抱著的厚重字典沉默不語，我則對他充滿期待，因家中損壞物都由他修理，我想書也不例外吧！況且他也是愛書之人。

數日後外子對我說，他個人無法修復此書，正在向外求援。果然，他由連鎖書店Barnes & Nobel的店員口中得知，達拉斯城西南的小鎮有家「Book Doctor」，這是個極新新鮮又重要的訊息。我與外子抱著這本大字典找到這家「Book Doctor」，它座落在小鎮鬧市街邊，是家店面與工廠合一的商店，雖無擺設精美的展示櫥櫃，卻也沒有一般工廠的零亂無序；工人們帶著袖套，穿著皮質長圍袍，認真地忙著工作。一位女士見到我們進門，她雖未立即起身迎接，卻親切招呼並問道：「妳要修復的是本字典吧？」我立即答道：「是的！」原來到此修理的大部頭書籍多為

《聖經》，我這東方面孔捧進店的大部頭書籍，若非《聖經》定是字典，這位女士真有經驗。

原來她是這店的經理。仔細翻看我的書後，她信心十足地說：「我們可修復此書，但書殼內活動翻頁的貼邊我們會使用不同的顏色與材質。」得知大字典可恢復正常翻動且無損外觀，我便欣然同意她們的做法。因為是完全以手工修復的工作，不但費時價格也極高，我付完訂金後看到收據上寫的取書日期是三個月以後。大字典修復有望，我心情輕鬆，順便仔細看看這個特殊工廠。這是個採光極佳的寬敞空間，架子上放著各種我從未見過的工具，工作人員或在書桌前測劃，或在工作檯前使用工具，他們的動作都專注又熟練。門口一個直立玻璃櫃中，放著一些年事已高卻又被整修得十分體面的精裝書，除《聖經》外還有醫書、樂譜、食譜、法律文件、百科書籍等。我看後很是歡喜，決定回家上網查看這家「Book Doctor」的詳細資料。

原來這是家已有二十餘年歷史的老店，專門提供書籍的裝訂、修復與維護服務，他們的服務對象廣及全美。這家店不但是美國書籍和紙業集團保護協會的會員，也是書籍工作者協會和德克薩斯州博物館協會的成員。看到這兒我非常訝異，在美國從事書籍相關工作者竟如此團結自重。當然，高水準的專業工作者自然受到許多圖書館、書店與經銷商的推薦，我就是這種推薦的受惠者。

在網站上也詳細說明，他們修復書籍的原則是保持每本書的原始特徵，以優秀的材料和方法延長書籍的壽命——無論是傳家的寶書、古董書或是日常書卷。讀到這我感觸良多，達拉斯這個在1963年因美國前總統甘迺迪遇刺身亡而蒙羞的城市，一直被視為文化沙漠，缺少歷史古蹟與文化素養，更毫無觀光遊覽價值；幸而事件發生的數年後，達城各界努力建設，除聘請名建築師設計市政中心、各類博物館及特色橋樑外，並充實各市鎮圖書館購書預算；博物館更高價收買世界著名藝術家的作品，藉以提升城市文化水平，但我覺得這一切都是現代化大城市應具備的文化素質。而我發現的這家「Book Doctor」，他們則是保存紙本書籍文化的大功臣，默默做著看似微小的工作，卻在文化傳承的領域中綻放光芒，我以居住在此城為榮。

比預訂時間晚了兩週我才收到取書通知，再見我的大字典時，它不但擁有整齊的外衣，內頁也被加裝黑色布質的牢固貼邊，翻動書頁時活動自如。我捧著修復的大字典，向店員行禮致謝，我認為他們所做的不僅是份賴以謀生的工作，更是件保存文化的善事，值得受到尊重。在今日紙本書已被忽視，雖然一個電子檔可存入大量的各類百科知識，但當我翻閱字典或其他典籍時所感受到的愉悅，是科技產品無法給予的，因此我特別感謝這些修復書本的醫生們。

據說這些工作者都須具備基本的美工素養，但我更相信他們除擁有特殊才能外，還有一顆愛書的心。這是多麼美好的一群工作者，他們所保存的雖只是書本的外殼，但若無外殼的保護，書本中的知識是無法留存於後世的。

上左：修復前的大字典
上右：修復後的大字典
下：修復後的大字典內頁

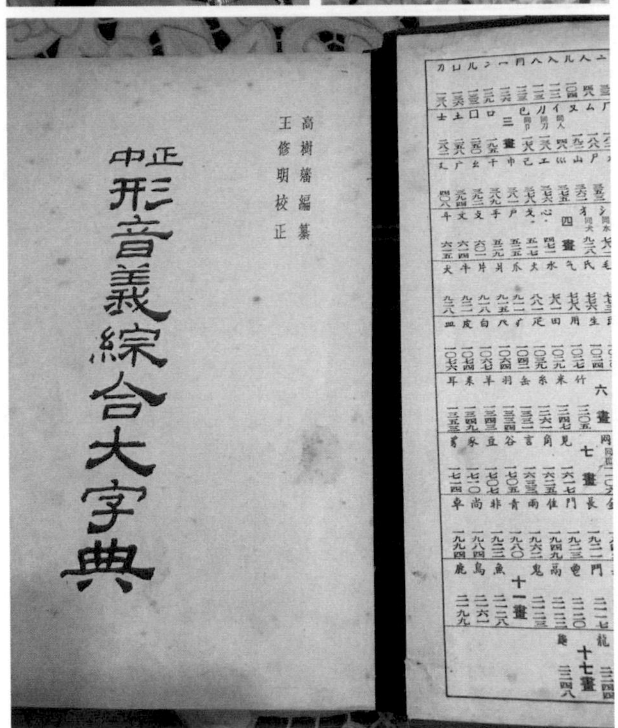

4　馬路如虎口

四月下旬的一個尋常夜晚，下班後我依舊由P大道開車回家。這是條車輛繁忙的幹道，往來各三線，平日駕車我總愛行在中線，可省去前車左右轉時的煞車動作。那晚我從支線轉入P大道的內線車道後，也動了要轉入中線道的念頭，不知為何卻沒行動。不久遇上紅燈，我停下來安靜等待，突然聽到一聲巨響，和我並排停在中間車道的小轎車，被後面一輛休旅車撞到十字路口中央，幸好當時沒有車輛穿越綠燈，否則這輛後半部車身已被撞爛的小轎車將受到更嚴重的傷害。

我被這突如其來的景象嚇得心緒不寧，因為數秒鐘前我才打消移入中間車道的念頭，而這念頭竟救我一命。綠燈亮了，我緩緩踩啟油門後繼續前行，但腦中卻閃出另一景象：我若轉入中間車道，被撞的將會是我；以當時後車撞擊力道之猛，我必會衝撞到前車，如此前後車身同時受到撞擊，我的處境會非常危險，很可能會受重傷——我不敢想！這一夜我難以入睡，腦海中盡是被前後車夾撞的慘狀。

其實，這幾個月我的開車歷程並不平順，從去年十一月到今年二月我共出兩次車禍。因為換工作，我現在每晚返家的車程雖短了，但夜間行走的路段卻不如以往單純，尤其是有段五、六分鐘的連續彎路，在昏暗的燈光下，若非行在中間車道，方向盤轉動的角度稍有差池，極易撞上路邊凸起的水泥磚道。在十一月下旬，我換新工作的第一週就出了場意外，轉彎時因對面車燈強光晃眼，我沒看清彎曲的前路而撞上路邊的磚道，車右邊兩個輪胎全毀，幸好人平安。車子修好後我行車更加小心，卻在二月中旬，一個暴風雨的上班時段，我由支線要轉入擁擠的P大道前，因天雨路滑煞車不及而撞上前車；前車是輛高大的五人座車，除後保險桿掉漆外並無其他損傷；我的車體較輕薄，前車頭嚴重變形，送車保險公司後我被通知此車已無法修理，完全報廢。雖拿到一筆賠款，但我不想再買新車，每日開外子的油電車上班。外子退休在家不再需要用車，我二人靠一輛車進出，我自是更加小心。

移民來美將近三十年，我幾乎日日開車，總是十分小心，接到警察開的第一張罰單是在來美後第十二年。多年來除幾次小擦撞外幾乎沒發生過車禍，如今接連出意外終至車毀，我很自責，不再買新車也是對自己的懲戒。

回想二十五年前，我剛自俄亥俄州鄉下搬到交通繁忙的達拉斯，開車問題的確困擾過我。據新聞報導，我每週去進貨時須走的高速公路，是全美著名的危險道路之一，除車流量大外，加速路段太短，進入高速公路時除要注意前後車輛外，更須全力加速前進後立刻切入，這搏命的一衝，是集膽量、技術、經驗與運氣於一體。許多開車新手都拒走此路，每週進貨我也選擇走遠路，在市區中慢慢開行。直到一次因趕時間而鼓足勇氣開上這條視為畏途的高速公路，結果平安到達目的地，這才去除我的心理障礙。此後我與外子常為生意跨州開車，自也練就出一份在美國高速公路上開車的膽識。

最近這兩次車禍令我深深自省，我今後仍須日日開車，除自己要格外小心以避免撞到他人外，更要留心自己不被別人撞。以前我認為被撞的情況自己完全無法掌握，其實不然。以我那晚所見到的這場車禍而言，停車等紅綠燈時，也可從後視鏡中觀察後車的行進速度，若發現異常可及早防範。

如今我在雨天開車時更注意保持與前車的安全距離，行車途中也隨時注意前後左右車輛的速度，也領悟出一套夜間行駛於繁忙路段的要領。

馬路如虎口，唯有格外小心才能保平安。

5　異鄉稚子情

台灣老友傳來簡訊，她女兒夫婦決定送他們念國中三年級的兒子來美做小留學生，問我的意見。我問孩子由誰照顧，她說「寄宿家庭」。我勸她請女兒多考慮。關上電腦，我閉目沉思，想起移民前後女兒的心情。

回想我女兒在小學畢業那年暑假，與我到美國旅遊，她玩得很開心，但當她得知我將要帶她移民美國時，她哭了！因她害怕來到沒朋友的陌生環境。為此我放慢移民腳步，讓女兒留在台灣念國中，期使她能逐漸接受要移民美國的事實，三年後我們正式遷居美國。

我們最初到美國時，住在俄亥俄州鄉下一個叫Enon（茵南）的小鎮。這個連地圖上都找不到的小鎮，雖十分美麗，但對我們這初到美國之人卻極為不適應——沒有東方超市是飲食上的不便，多費點心思還可彌補，但對女兒的學習而言，沒有「英文非母語」（ESL）課程實在是一種「不幸」。

我永遠記得第一天送女兒上學的情景：先生與我陪她等校車，送到車門前我們拜託司機多照顧女兒；望著她「勇敢」上車的背影，我既安慰也憂心。當然，短暫的安慰感迅即被排山倒海而來的憂愁掩蓋：一個十六歲的孩子，到語言不通的新環境，須同時面對「適應環境」與「學習知識」兩件大事，實在是沉重負擔，我又怎能不憂心！終於盼到女兒放學，急忙問她的感覺。乖巧的女兒只淡淡說聲：「還好！」這是她遇到難事怕我擔心的慣用語，我的心情更加沉重了。

我們所住這純樸小鎮，是保守的美國白人城，這所有八百多位學生的高中是當地最大的高中，據說校內也許有幾位亞裔學生，但都是在美國出生的ABC，因此學校沒有「英文非母語」課程。女兒以台灣國中畢業的英語程度直接上美國高中課程，其困難可想而知。其實在台灣準備移民的那段日子，我本計畫送女兒到「美國學校」念初中，但那年代的本地出生學子，並無資格就讀這種專為國際學生準備的學校。好在我們幸運，女兒的歷史老師為她尋到一件難得的幫助。

離我家車程不到一刻鐘，有個著名城市Yellow Spring，這個地名若直譯為中文（黃泉）真會嚇壞許多中國人，但它卻是許多崇尚自由人士趨之若鶩的居住地，除景色優美外，更有難得的自由風氣，在街上隨處可見滿身刺青穿著怪異之人。當地有所大學Antioch College，附設一個「國際語言中心」（International Language Center），由一位教授帶領七、八位日後有志為人師表的學生，他們願意幫助初到美國有學習障礙的學生，於是女兒就成為他們的實習對象。

每天下午女兒放學回家後，我立即開車送她去上課，教授每天安排一位學生輔導女兒的課業，詢問她當天的學習狀況，並輔導她做當天作業，我則在休息室看書。女兒本就用功，有此難得加強學習的機會，更是萬分珍惜。在幾位大哥哥姐姐認真輔導下，女兒的學習明顯進步，一學期後已完全跟上正常課業。女兒經輔導後，最大改變是英語發音十分標準，記得當時最先發現這現象的是我們的牙醫，因為女兒半年前初到美國去洗牙時，還無法用英語暢談，半年後已字正腔圓。

能以流利英語與人交談後，女兒的生活逐漸充實，她可參加社團聯誼，更有同學來訪，心情也輕鬆愉快。陪女兒共度適應期的我，清楚掌握女兒這期間的心情，那段日子我與她同悲同喜，情感更緊密。

也因如此，我瞭解孩子在異鄉的心情格外需要父母的呵護，當他們感到孤獨、寂寞、委屈時能給予呵護的絕非是「寄宿家庭」。回首女兒在異鄉成長的過程，也是我照顧女兒心情最費心的階段，如今回憶起來格外有滋味。

6　實習中的顧客

疫情發生前的某日，我到住家附近的超市購物，在推購物車時，發現一道嶄新的風景線：原本只有由家長推行孩童乘坐的購物車旁，增加了一排小小購物車，車上插著一面小白旗，旗上寫著「Customer in training」。好有意義的構思，也反映了商家的溫馨。

這家超市離我家最近，1996年盛夏我搬到此地，除當晚隔壁鄰居的溫情接待外，次日，從我家剛啟用電話的彼端傳出這家超市的歡迎聲，並請我們去領取「歡迎新鄰居」的贈品——一條吐司與一打雞蛋。從此我們的生活與這家超市緊密連接，多年來這區雖增添多家超市，但它依舊是我們的最愛：除因為它離我家近，物品鮮美價格實惠外，我們更難忘懷商家處處的溫馨情。這些為幼兒設計的購物車就是一例，我非常欣賞這項設計，因我一直認為生活即是學習，包括購物。

看著這些小小購物車，我不由得想起移民來美前，女兒的幼年時代與我一同購物的情景：她最愛與我去超市，選購她愛吃的零食是必須的，那時我對她的要求是「健康第一」。從小教她查看食品的營養成分說明，她也因此養成不亂吃零食的習慣；只是沒想到我對她這方面的教導，她現在用來提醒我不要亂吃零食，以免「三高」病症纏身。女兒小時還愛與我同去逛書店，她愛選文具。台灣書店一直就有許多精巧文具，常使女兒看得眼花撩亂，我雖只允許她有限購買，但總暗暗記下她的喜愛，再來購

◤左：超市內的實習生顧客購物車
右：滿載的實習生顧客購物車

買後收存作為她表現良好時的獎勵，如此我們母女間的互動更親密。許多時候我也藉著選購衣服，教導女兒穿著的禮貌，並順便說些女兒家應學習的衣著搭配常識；沒想到我與女兒的這層互動，竟延伸至今日女兒總照顧我的穿著。想到我在女兒做一名小顧客時的教導，她成年後也懂得反饋，我很是欣慰。如此看來，誰說指導孩子學習購物不重要呢？

看到這家鄰居超市為孩童們準備的購物車，我相信為人父母者也樂於給孩子的生活加入這項實用的學習，訓練他們如何選購自己需要購買的商品，學習如何推購物車、不要撞到貨架，並要小心輕放看過的商品，當然還要學習與收銀員交談的禮貌。那天，我正在和超市經理談論他們這項有意義的添置時，一位可愛的小女孩正與祖母一同開心地採購；由她專心的態度看來，因為親自參與購物她樂在其中，不同於以往見到孩童吵鬧不休，打擾父母購物的情境。雖說「網購」是現代人的消費趨勢，但進入商店購物仍是生活中不可或缺的模式。

曾看過美國前總統克林頓夫人希拉蕊的一則小故事，她說她初為人母時，曾對哭鬧不休的女兒說：「孩子！讓我們一起來學習，我學習如何做一名稱職的母親，妳學習如何作個乖女兒。」的確！孩子自幼就須學習許多事務，教孩童學習成為一位有良好認知的好顧客，也是一門教科書以外的學習課題。

7 無家可歸之人

文友傳來一篇他的近作，題目為〈人性〉，內容是敘述他日前參加一公益活動，與教友們備妥數車禦寒衣物、食品及瓶裝水，送到遊民聚集的街區，希望幫助他們安度寒冬時的見聞。

他說，出發前教友們提醒他務必團體行動不要落單，也勿佩戴珠寶手飾。到達街區排妥物品後，原本圍攏過來想隨意拿取物品的遊民，在勸說須排隊後，都井然有序的依照規矩行事。讓他驚訝的是，他將圍巾與毛襪送給一位中年婦人，那婦人卻說：「我已有了，請送給更需要的人吧！請給我幾個罐頭。謝謝！」又聽另一位遊民說：「飲料我不要了，請給我一瓶水吧！謝謝！」他說：「所有來領物品的遊民都守秩序、有禮貌，我感動得眼中充滿淚水，心想，如果我處於這種景況，我是否也能有如此表現呢？不貪、不搶、禮讓、懂得感謝，這些人物質生活貧乏，行為中卻表現了人性的善良美德。」

我反覆閱讀這篇文章，腦海中浮現出一幅遊民聚集區景象，那是我女兒住家附近的遊民區。女兒在休士頓市中心區上班，住在公司附近，那住宅區很好，走路可到著名的Rice University，鄰近著許多博物館與藝術館，唯一讓我擔心的是三條街外的高架橋下住了許多遊民。女兒說，因為不遠處的超市廣場，每日會有教會義工來發放免費餐飲，故而引來遊民聚集，市政府派員來溝通也無法趕走這些遊民，只得常派警車巡邏。據說這些人多為數年前紐奧良風災後避難到此，他們安居於橋下自搭的帳篷中，不理會有礙觀瞻的事實，日子過得十分愜意。我曾在聖誕節期間，看到有座帳篷外擺設著掛有飾物的聖誕樹，雖是路邊拾來他人的丟棄物，但依然可為遊民們帶來歡愉的節慶氣氛，對遊民們安於現狀的心態我甚感訝異。

原以為美國遊民多為貧困的老弱，但數年前看過一則報導，美國大學的遊民學生問題也相當嚴重。研究人員指出，許多大學生沒有住處，無力承擔房租，只好以汽車為家。部分學校制定了資助計畫，協助他們解決住房和飲食；但專家認為，幫助遊民學生仍然任重道遠。的確，美國許多城市的遊民問題都很嚴重，以往我並沒特意關心此問題，但在我親身經歷過一件事後，我隱約歸納出一些端倪。

數年前，我家仍在百貨大樓內經營一家禮品店，那年最熱門的銷售商品，是與動畫或漫畫內容有關的物件，特別是劇中人物所持的刀劍；熱門物件時常缺貨，青少年客人看到後立即搶購。一日店中進來一位文質彬彬的青年，他身負重物，肩背手提的重物中以那個包裹西裝的皮套最搶眼，其中應是裝了套高級西裝。我認得他，數日前曾來過我店中，奇怪的是，他所攜帶的物品，都不是剛採購的商品，為何他總隨身負荷重物呢？那日他進店時並非店中的忙碌時段，我與他簡短交談後，他禮貌地問我：能否將肩背與手提的重物放在地上？我應允後他開始輕鬆逛店，終於選了一支最熱門動畫片主角所持的寶劍。這物件價格很高，是限量版沒折扣。年輕人告訴我他要購買的商品後，走到我面前來付帳，並非常興奮地告訴我，他這張現金卡中有五百多元，那是他辛勤工作好一陣子的積蓄。接著他又說，他住在遊民收容中心，每日天黑前要去排隊佔床位，清晨起床後就須收拾所有家當後離開——原來這就是他身負重物的原因。

聽他的敘述後，我決心要勸阻他買這物件，因我覺得他應善用這難得的積蓄去改善生活。誰知他仍堅持要買他心愛的物件，我只得刷卡，但刷了兩次都沒通過，只能對他說抱歉。他握著我退還給他的現金卡，沉思片刻，說道：「請幫我保留這把劍，我去銀行取款後再來買。謝謝！」隨後背起沉重「家當」走了出去。望著他的背影，我真心希望他別回來，更希望他善用那為數不多的積蓄。

兩個多小時後他再度走入我的店，興高采烈地付費後取物離開。我望著他的背影心中滿是疑問：這支劍對他為何如此重要？每日背負的「家當」又多了一盒沉重的寶劍，他難道不怕累？事隔多年，我依舊記得這位青年的身影，不知他現在的境況如何，也不知他目前的金錢觀如何。

自親身接觸這年輕人後，我每次遇到遊民時總在思考同一問題：是何原因造成這些人食宿無依？以德州而言，就業率極高，房價也極合理，只要肯努力工作，食宿絕對無虞，為何仍有食宿無著之人？尋思良久，我的結論是：人生在世要想平安度日，除努力工作外，還須建立正確價值觀，當用則用，當省則省，用心支配所得，量入為出，自然終生食宿無虞。

8　迷你免費圖書館

在這社區住了二十五年，平日除了去健身房游泳外，我最常做的運動就是「散步」，所走的路徑二十五年不變，主要是我家附近二條安靜路段，全程約四十分鐘，所經過的庭院與景觀，曾提供我許多寫作素材。

九月初自絲路旅遊歸來，返家後努力調整作息，但早上仍是三、四點就起床，熬到天微亮起床整裝去散步。好一陣子沒出來走動，久違了的人行道看似如常，卻在快要到達橋邊處見到一點異常——這座橋在我家西側，橋下的溪水流經我家後院，每次走過，我總愛在橋上停留片刻，看看水中的魚兒；但眼前橋邊多了樣東西，是個比信箱高的木架，架了個鳥房型的大木箱，挺立在橋邊這家人的後院人行道旁。那是什麼？我走近一看，這木箱比正常信箱的容量大，有扇玻璃門，一塊木板將空間分成上下兩層，裡面放了些書。我正覺得好奇，卻見到木箱外上端寫著「Take a Book，Return a Book」。眼前的一切我感到極度好奇，卻不知這是怎樣的一個團書館，於是記下木箱上的e址，回家後上網查看。

上網查後我甚為驚訝，原來這是個世界性的「非營利組織」，成立於2009年，目前全世界已有七十多國家的許多社區中設有這種圖書館，其主旨在「透過世界各地鄰里的圖書交流，以激發人們的閱讀興趣，並激發創造力」。這是多麼令人感動的組織，今日的人們被「速食文化」所襲，動動手指速讀網路訊息這

◤迷你圖書館照片

種獲得「知」的捷徑，是最流行的求知法，極少數人願捧著紙本書仔細閱讀，終於有人正視這現象，發起這種溫馨的免費圖書館，以提振閱讀紙本書的風氣。根據網上的介紹，這組織成立的另一目的，是要幫助貧窮孩子增加閱讀機會。因資料顯示，就學業而言，即使沒有其他關鍵因素，在沒有書籍的家庭中成長的孩子，平均要比擁有大量書籍家庭中的孩子學習落後三年。如此看來，為貧寒孩童尋求較多的閱讀機會有其必要性，因此這種圖書館的成立更是值得鼓勵的。

讀完說明後，我心中有感。在我居住社區附近有設備完善的圖書館，被使用率也極高，這可能是我一直沒在我們社區見過此種圖書館的主因。現在這位鄰居為何建立這小圖書館呢？我很想去拜訪他。

週日早上我去這鄰家按門鈴，無人開門。次日散步後我又去，男主人來應門，見到我這陌生人他一臉狐疑。待我說明是鄰居及來意後，他非常親切地與我交談。我見他頭上戴了頂猶太人的小帽，因而知道他的族裔。又見他身穿某建築公司的制服，心想他定是位出色的木工手藝人，難怪這木箱做得結實又有特色。他說架設這「迷你圖書館」是他太太的主意，她熱心又愛閱讀，想以此來提醒鄰居閱讀的重要，數月前他才動手搭了這架子。我知他要趕去上班，匆匆結束交談後離開。

走在回家路上，我想起自己求學時代的艱困情形：我念中學時政府還沒開始國小直升國中制度，每學期的學雜與書籍費用都是筆大開銷，我為減輕家中負擔，每次返校拿到書單後，就到鄰居家借書；每當借到相同書名、出版社與作者的教科書時，我就如中頭彩般地興奮，捧著書本回家，用過期的月曆紙，小心翼翼地為書本包上外衣；閱讀時從不在書本上亂加註釋，盡可能地保護書本整潔，因這本書不屬於我，而爾後還可能借給別人閱讀，但我特別認真學習書中知識，更珍惜這難得的閱讀機會。回想我求學時代借書學習的經歷，似乎與現代的社區「迷你免費圖書館」的理念相同。

回家後再度查閱「迷你免費圖書館」的更多訊息，尋找我可以也為此義舉出力的管道。畢竟，我曾因他人慷慨借書而受惠，目前自己也是愛閱讀之人。況且，我很喜歡有位教授對書本的詮釋：「書本要像降落傘，打開才有用。」

9　歲末感恩話節餐

秋色將盡，感恩節即將到來，超市裡除成堆的各色南瓜外，肉品部的火雞也逐登要角。

走出超市，一陣冷風迎面吹來，我不由得打了個寒顫，想起將近三十年前，我首次在俄亥俄州過感恩節的情景：那是個冰天雪地的時節，屋外一片雪白，大地如冰封的凍箱，生長於亞熱帶的我，對這份酷寒充滿恐懼，越發珍惜與家人在溫暖室內共享美食的時刻。感恩節是紀念1620年「五月花號」帶來的移民們，艱苦度過寒冬後所訂的感恩節慶，感謝上帝賜予豐美食物，使他們能平安度過寒冬。這份感恩之心，在我經歷北美寒冬後深能體會。

開春後我們搬到溫暖的達拉斯，雖然此地冬季也會下雪，但那是種讓人能接受的寒冬，甚至還有閒情逸致欣賞窗外的玉琢銀裝美景，一覺醒來又是暖意無限的冬陽曬化了薄薄的積雪。在這種冬季來臨前的深秋，正是感恩節慶時節，我總會在客廳擺盆菊花，廚房的水果籃中放些各式迷你小南瓜，以應景的瓜果來迎接我喜歡的感恩節。明確地說，我喜歡感恩節的定義，它提醒人們要常存感恩心，如此的社會必然祥和。個人常存感恩心，更會知足惜福。

當然感恩節前我還會準備應節主食「烤火雞」，但原味的「烤火雞」我只做過一次，工序繁複而成品的滋味並不誘人，所以我沒再做第二次。說起「烤火雞」的工序還真不容小覷，烤雞前數天，先要將冰庫中的冷凍雞移至冰箱內解凍並浸醃在作料中備用，經過醃製後的火雞，依重量而論至少須三至四小時才能烤熟。傳統的吃法是將烤雞的油汁做成濃濃醬汁，鋪在雞肉上以增加滋味，並加些用糖熬煮出的蔓越莓醬；如此烤出的火雞，滋味全靠外加，無論出自誰家的烤箱，配上相同醬汁的火雞肉吃起來的味道都差不多，如此的烤火雞我不喜歡。

次年過節前，外子建議我們吃「燻火雞」，他說煙燻火雞經過醃製，本身已有味道，食用時不須蘸醬汁，我應該會喜歡。他特為我選了以「蘋果木」燻的火雞，味道果然極佳，吃在我這中國老饕的口中，不但吃出蘋果木的香甜氣味，也嚐到它類似中國臘肉的好滋味。這個發現實在震撼，在美國過感恩節，我居然能從燻火雞的味道中咀嚼出中國的年味！此後數年我家感恩節都吃「燻火雞」。

女兒大學畢業入職場後，每逢感恩節必定趕回家團聚。她公司同事們在感恩節前的熱門話題，總是談論該如何變化感恩節大餐的菜色。女兒由同事口中得知，她辦公大樓附近有家商店，出售特殊口味的「Turducken」——這個單字是由三個字母組成：Turkey（火雞）、Duck（鴨）和Chicken（雞），一隻完全去骨的火雞，肚內塞滿好料，包括一大片鮮嫩鴨肉，及鮮嫩雞肉與特製填充食材。 一隻雞包括三種口味，對喜愛新鮮美食的我而言，欣然接受女兒建議的「革新感恩大餐」，從此我家感恩節餐桌上的火雞大餐更為精彩。據說這種去骨填肉的Turducken（火鴨雞）源自於路易斯安拿州南部，我偏愛辣味，所以對這種正宗Cajun flavor（紐奧良風味）的火鴨雞很有認同感。

我真佩服這道美食的發明者，火雞肚內塞入的鴨肉滑嫩爽口，雞肉鮮嫩多汁，填充食材本身香軟可口，其中的香料味更滲入火雞肉中，使火雞與雞、鴨三種肉質都通透著一股幽香，細嚼慢嚥品味美食的同時，齒頰間飄散著淡淡芳香與Cajun口味的辛辣，再度刺激食慾，一口接一口地享受這「三味一體」的無骨火雞，真是感恩大餐中最難忘的滋味。

如今年事已高，平日飲食清淡，感恩節已不再購買整隻火雞，去超市買幾片火雞肉做份三明治，泡杯清茶，與老伴邊吃邊賞菊，中西合併式的感恩餐，心中卻有著濃濃感謝情，感謝我擁有的一切，特別在這感恩節慶時。

10　過好疫情中的春天

前幾日的連綿春雨，因逐漸高漲的新冠肺炎疫情而失去了以往的魅力，但仍為屋外景色增添幾番清麗。週日是我去大賣場採購的日子，啟動車引擎前還記掛著要戴口罩與手套，心事重重地駛入車陣中，卻發覺街上不如往日擁擠。在一處紅燈停下，眼角掃到一片新綠中灑落著點點紅、粉、豔紫，轉頭一看，喔！野花開了！原來我的車已駛入R市。此地每條大街的安全島上都種滿野花，春到花就開，彷彿是R市的報春使者。今年因疫病的攪擾，我卻對這支「春使團」缺少了迎盼之心，心中頓生歉意。

雖然它們被稱做「野花」，但我相信它們還是種子時，已被有規劃地撒在安全島的中心位置，接近開花時節，安全島四周的草地被修理平整，「野花」在綠草坪的陪襯下努力綻放，彷彿向人們說道：「春來了！」這份春色令我心情大好，一掃被新冠肺炎疫情籠罩的陰霾。

車駛入大賣場前的兩條大街上，滿是盛開的「野花」，使我想到往年的春天我總會去植物園賞花，今年可能要作罷了。回家打開電腦，找出我存放植物園賞花的照片，就此做一番「神遊」吧！

大約十多年前，女兒經同學告知，達拉斯植物園的鬱金香很美，伴隨鬱金香開放的還有杜鵑、白色櫻花、迎春花、Pansy等等。園內管理極佳，各種造景設計完全展現花朵特色，我們全家在賞花後決定成為會員，每年春季遊植物園已成慣例。閒步園中，抬頭看著盛開的白櫻花以藍天白雲為襯，心情舒坦極了。低頭見到片片花瓣灑落在青草地上，不由得將自己想像成誤入桃花源的幸運兒，「芳草鮮美，落英繽紛」不正是眼前景色嗎？再看到目不暇給的鬱金香，有橘紅與鮮黃雙色相間植於道旁，美極了！間隔一塊草坪外，我又見到紫色與白色鬱金香互爭豔，接著又是幾壟紅、粉Pansy夾雜在粉、紫色鬱金香間，它們相互爭豔，美得都很有特色。再看看叢叢杜鵑永遠昂首綻放，彷彿在提醒世人「愛的喜悅」是它們的語言。園中唯一一處仍是禿枝的風景線，就是兩列對生的紫薇樹，三月並非它們的花季，但連綠葉也未著的枝身，高高地挺立著歡迎從它們身下走過的人們，遠遠看去也別有一番風情。另外還有小橋、流水與紅楓搭配得宜的日本園，更有許許多多我不熟悉的奇花異草，偌大的園中盡是令人賞心悅目的春色。走累了，我就坐在高坡草坪上眺望園邊的白石湖，偶爾見到點點白帆，伴隨環湖道上穿梭的自行車陣。這數小時的遊園，我享盡人間愜意，心中盡是喜悅，我愛春季的情緒已達頂峰。

今年的春季因疫情我無法遊園，但翻看往日的照片，群花又在我心中活躍起來。關上電腦我走到後院，看著後院榕樹上數年前自鄰家飄來落戶的紫藤，我豈能辜負它短短一週的花期！再看看開謝不一的豆莢花，最後來到枇杷樹前，自深秋開花入冬結果以來，濃霜輕雪已淘汰一批果實，在物競天擇下存活的良品，已長得有指甲蓋那般大小，它們也是春天裡的貴客之一。再看看綠芽初吐的無花果與含苞待放的紫鳶花，一番巡禮後我覽盡後院春色。

回到屋內，我心情開朗許多。疫情雖可怕，但過度的憂慮更是傷神。只要小心顧好每個防疫細節，自當能保平安。四時不會因疫情而停滯，我仍當過好每一天，即使無法踏青賞春，也可在記憶匣中重溫春色，更可在自家庭院中覓春，我在疫情中也要過好春季裡的每一天。

11　牛仔文化與競技賽

我對美國的認識，始於西部電影中廣袤無垠的荒漠與躍馬狂奔於黃沙飛揚中的牛仔。移民來美後除短暫居住於鄰近五大湖區的俄亥俄州外，定居德州達拉斯已超過二十年，早已習慣生活在這片平坦寬廣的土地上，但對於德州特色牛仔文化的深厚涵義，我卻知之甚少，直到去年春假女兒邀我去欣賞Houston Livestock Show and Rodeo（休士頓家畜展與牧人馬術表演），我很喜歡，今年再度觀賞後我才認識牛仔文化的內涵。

這種表演內容豐富，除展出各種家畜外，還包括牛仔繞桶與擒牛賽、騎有鞍或無鞍野馬持久賽，也有聰明牧羊犬驅趕羊群表演，更有極具爭議性的騎公牛（Bull Riding）與套牛綑綁比賽（Tie Down Roping）。前者規定賽手須在兇猛狂跳的公牛身

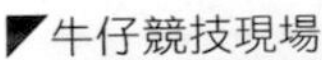
牛仔競技現場

上，以單手握繮繩的方式保持平衡，持久者得勝；後者由兩位牛仔騎馬追趕小牛，其中一位在同伴協助下瞬間套住小牛的兩條後腿，費時短者得勝。這兩種競賽之所以具爭議性，是因為在競賽過程中人與獸都極易受傷。但我則認為在現實環境中，當人與獸爭生存時，一切劇烈爭鬥總是難免的，而競賽中牧人所表現的靈活與機智，特別令我難忘。

若非親眼所見，無法想像真正的牛仔表演竟比球賽還精彩。在競技場上牧人與牛馬的各項競賽，從開始到結束往往只有數秒鐘，但牛仔們卻是經歷辛勤苦練才得以上場。我見賽手們競賽成功時固然欣喜，失敗也不懊惱，頗具大將之風。每年在休士頓展開的各項表演，吸引全美各地許多牛仔前來參加競技，看過表演後我才知曉，科技領先世界的美國，仍有無數人在默默延續牛仔文化，傳承牛仔精神。二百餘年前西部開拓史是牛仔們努力奮進的實錄，如今這種文化內涵仍激勵著一代代的美國人。

牛仔文化的產生源於時代需要，在火車未開通前，牛隻除供

◤牧羊犬驅趕羊群

食用外，牠與馬匹還是重要交通與運輸工具，而牛馬的販賣大多須跨州越界千里跋涉，因此應運而生了牧人。他們驅趕著牛馬翻山越嶺辛苦前行，既要克服一切不可預知的艱難險阻，又要保護牛馬安抵目的地，這段路程憑藉的不只是體能與毅力，更須智慧與謀略，而牧人與牛馬間的互動所產生的必要技能，如套繩、馴馬、驅趕群獸等技巧，在枯燥的牧人生活中逐漸演變為可一較高下的競技賽。如今全美各地所豢養的牛隻多為供應牛肉與牛奶，養馬者除少數為特殊工作需要外，多數則為個人喜好。在豢養牛隻與馬匹的同時，也學習各種做牛仔的技能，就此保留並傳承了牛仔文化。

值得一提的是，這個看似十分劇烈的表演，其主辦方的宗旨卻含蘊著無限溫馨。此非營利團體每次活動的營利均做公益捐獻，如我在現場家畜冠軍展區，見到得勝豬、牛、羊的身價甚為驚人，一隻普通黃牛被評為本年牛隻冠軍後，竟以四十一萬美元售出。我向工作人員詢問：買主為何出高價買牛？答案是做「公益捐獻」。這筆金額除極少數歸飼主外，其餘都捐作獎學金。說到「公益捐獻」，我女兒有受惠經驗：她就讀於「德州農工大學」時，因成績優異而獲得過這種獎學金。如今女兒每年都來觀賞表演，也算是一種回饋吧！女兒並說了一件趣事：她曾探詢活動期間擔任義工的資格，回信說須排隊等名額，入選後還須付三十五元才有機會擔任義工；雖然有如此特殊的要求，但義工職位卻總是「一位難求」。

觀賞這種表演後，我不但認識「牛仔文化」的特色，更對此活動的主辦宗旨深表敬意。

輯五

讀書樂

1 又一本令我感動的好書

2018年女作協年會在台北舉行，會後旅遊是花東之旅，在返回台北前，特前往位於宜蘭的「黃春明紅磚屋」參訪及晚餐。我奉會長姚嘉為請託，晚餐後擔任慶生晚會主持人。晚會結束前，我建議大家購買黃老師的書籍，並請黃老師簽名留念。

當晚我也選了兩本書，其中一本是《九彎十八拐》。選上這本書是因為喜歡這書名，我曾在台北「大崎腳」住過，那是在北宜公路往宜蘭方向的一處山區，看到《九彎十八拐》，我就想到那段山居歲月。

翻看書的目次，竟沒有一篇名為〈九彎十八拐〉，再查找資料才知道，原來《九彎十八拐》是黃老師在2005年創辦的雙月刊文學雜誌名。從開始閱讀這本書後，我就被清新的文字、平易又感人的內容吸引而欲罷不能。全書多為黃老師為《自由時報》、《皇冠》雜誌及《九彎十八拐》雙月刊所寫的專欄，每篇字數不多，但文詞質樸，內容充實，黃老師親切平易的個性更躍然紙上。我讀後或因故事感人而落淚，或因內容幽默而大笑，只覺得這真是一本難得的好書，因作者寫盡天下尋常事，卻道盡人間最真情。

第一篇〈金豆〉就看得我熱淚盈眶。黃老師在愛子國峻去世三週年前，因思念愛子，藉提及他指導的話劇《小駝背》而敘述一段感人的事實。這齣話劇的主角「金豆」是個孤獨、苦命又駝著背的孤兒，起這名字的靈感來自國峻軍中同事的悲慘身世。國峻在服役時遇到同事陳金豆，因家中遭遇多項不幸事件而自盡，善良的國峻回家時向父親哭訴這不幸，黃老師想到《小駝背》劇中的主角也是苦命兒，就為他取名為「金豆」。我讀後深深感動，黃老師在懷念國峻的同時，也表達他憐惜天下弱勢族群的情懷，及體恤下層百姓疾苦的心情，透過他的敘述，我更加珍惜自己所擁有的一切。

由〈穿鴨裙的老農夫〉文中，可看出作者對「創造力」的推崇。他認為「創造力」如礦，是開採出來的，可惜在絕對制式的教育之下，有創造力潛能的孩子大多頑皮，最後總被一把衡量道德的尺埋沒了。反觀在水中抓鴨的老農夫，雖沒受過學校教育，卻在他的生活環境中，以自創之法完成常人眼中的不可能任務。我很喜歡此文，因我個人從事教育工作近二十年，面對僵化的教育制度，經常有相同感慨。

〈一隻便祕的老鼠〉是篇鄉土味十足的短文，鄉間的一位老人家，將活捉的的老鼠肛門中塞入一粒花生後放回，此舉在使老鼠便祕發狂而與窩中同伴撕咬，最後同伴被迫遷移，便祕的老鼠撐死了，主人家恢復平靜。如此令人拍案叫絕的故事，看得我開心極了！作者再次舉實例說明他的結論：「創意不是知識領域的事，是累積生活經驗做基礎，才能想出解決問題的辦法。」

非常喜歡這篇〈再見吧！母親節〉，尤其欣賞作者的觀點：「因為偉大的母性是被考驗出來的。如果我們的社會仍然有母親，但是大多數的母親卻已失去母性的話，這也是我們社會的危機。」這段話說明母親不完全等於母性，這是事實。讀完此文我更加警惕，雖然我自幼喪母，但我如今身為人母，如何做位稱職的母親？是值得我深思的。

〈吞食動詞的怪獸〉是篇很有意思的警世短文。只看題目的表面意思，我以為作者要論述現代人行文時語法的錯誤；待讀完全文後我莞爾一笑，原來作者在強調「動手」的重要性。他以「風箏」為例，自己動手做的過程，可以促進手、眼、腦的發達，若不成功，須用腦筋找原因求改進，待風箏完工昂揚騰飛後，那種享受自製成果的樂趣自然無與倫比。可惜現代社會人們為求方便總是「買」風箏，這雖可促進經濟發展，但卻因此喪失學習的機會，實在可惜，所以作者在結論中寫道：「買」字是吞食動詞的怪獸。

其實，長久以來鼓勵孩子們動手學習的文章比比皆是，但為這理論定下如此生動標題的，我首次見到。

〈欣賞素養不重要嗎？〉這篇短文將我的思維拉回三十年前，那時我在台灣擔任高中國文老師，有位要好的同事，她的藝術修養甚佳，曾與我談過美育問題，她認為當時學校教育缺乏美育訓練，以致成長後的學生精神層面修養不足，很是可惜；好在後來社會多元化，美育漸受重視，音樂與美術甚至攝影等活動頻繁，但與先進國家相比仍有許多進步的空間。

〈飯桌上的對話〉談論的是個非常值得深思的話題，其實這問題到目前為止更為嚴重，孩子們雖不是盯著電視看，卻是不停地滑手機，難得的家人同聚場合不受重視，親情間互動不再被珍惜，這可能是科技發達下的另一後遺症，但願家長們能重視這問題，莫讓發達的科技離間了親情。

〈高速公路變奏曲〉是篇非常有趣的短文，如果只看題目，你絕對無法想像內文的趣味。上世紀末，台灣唯一的一條南北高速公路通車後，不但縮短台灣南北兩地的往來時間，尤其難忘那平坦路面與沿途美景。走筆至此，我腦海中仍浮現出三義路段的美景，但看到作者所說的，「因時常塞車，司機就地方便，間接灌溉路旁行道樹」的說法時，我不覺暗笑，相信這只是作者的誇飾筆法。作者接著以司機們聚賭以消磨塞車時光，來形容高速公路如停車場的無奈情景，又是一段誇飾筆法的描述，令我不覺莞爾。

接著這段敘述更有趣，作者以車牌號上的英文字母來發揮，從自己車牌前兩字的「ET」，寫到周圍車子的牌號「KGB」、「CIA」、「FBI」，彷彿是間諜大戰，加上「UF」後又像是星際大戰爆發了。再加上「XO」就是酒駕，看得我緊張不已，說時遲那時快，作者的「ET」竟被一輛車牌「NG」兩千多號的車追撞，只為看清他車牌上的「ET」二字竟撞了上來，真是令人扼腕。最後是一位面無血色的小姐，駕著車牌有「MC」字號的轎車追撞而來，作者立即要求那位小姐豎起三角牌示警，以免更多「WC」、「YG」追撞過來，一場驚心動魄的高速公路連環車禍就此打住。我看到此大笑不已，作者超強的想像力與創造力令我佩服不已。

短文結束前，作者特別強調高速公路與消費者的關係是不平等的，無論塞車與否消費者都須完全付費，再加上休息站的東西昂貴，但面對種種不平等仍須忍耐，我想作者想要表達的重點在此。如今我移居海外，已遊歷過世界許多地方，發現高速公路的塞車現象極為普遍，但如作者這般，以輕鬆詼諧筆法討論嚴肅話題實在少見，我非常佩服。

〈臉上的風景〉真是篇發人深省的好文章，台灣紅歌星蔡琴有首名歌〈讀你〉，我想人臉上的風景肯定是讀出來的。一個人若能讓人讀一千遍也不厭倦，臉上的風景肯定美極了。我認為一個人臉上的風景如何，完全源自內心的境界。正所謂「相由心生」，心善則面相慈祥，心有邪惡念頭面相也會顯露邪惡。如此，為人真當常存善念，必能在臉上留下美麗風景。

〈多元社會的二分法〉這篇短文所談的，應是社會大眾判斷力的問題。雖然社會已演變成多元化，但用二分法來判斷事物仍是最簡單的，主要是因為人類的判斷力需要被教育，所以要改變社會大眾的判斷力，還須由改變教育制度做起。但談何容易？我擔任教職時，雖記得課本上教導我提問學生時，至少要給學生四十八秒的思考時間，在期間還須不斷給學生提示，以幫助他思考答案；但真實的課堂中，尤其是大班制的課堂，實在難以辦到。同理，許多教育絕非學校教育可獨力承擔的，判斷力的訓練，不僅學校教育有責任，我認為家庭與社會教育也責無旁貸。

〈愛心是非題〉是很有趣的問題，我同意作者最後所說的：「會讓座的人不用人提醒也會讓，不讓的人，你拖他下來他還是不願意。」但我認為「博愛座」的標示不可廢。多年前我已年滿六十歲，與同學一同搭捷運由台北車站去淡水，這是段滿長的車程，面對空下的「博愛座」我不敢坐，同學說：「我們可以坐，我們已夠格了。」當年尚不覺老之已至，那會兒車內已逐漸擁擠，但若非看到「博愛座」字樣，我也不至於坐得安心。不過，這些年我見到年輕人讓座位給長輩的情形已很普遍，非常欣慰。

我很喜歡〈點心的尊嚴〉這篇的論點，誠如作者所說，孩子們的事絕非小事，仍要嚴肅對待。社會中成功或失敗的人，他們幼年多少受某些事件影響，自幼受到尊重的孩子，長大自會尊重他人，教育這件事，無論大小都不能大意。

〈立什麼樣的人的傳〉這篇短文很有意思，我讀了好幾遍還不能理出頭緒，但一直有個強烈論點在我腦中浮現。我認為：為正面行為人立傳，較能對世人起學習仿效作用；改邪歸正的例子固然值得鼓勵，但學習者要有足夠判斷力，對當事人錯誤的前例要警惕，改正的部分才是鼓勵效法的重點。當然，我非常贊成作者的觀點，具有爭議性的政治人物不宜用來作為學習的對象，而將擁有巨額財富就視為成功的楷模，更是錯誤的。我曾見過一些高官，自以為事業有成就急於作傳，我當時想，若他只為傳書於後輩子孫，自然無可厚非，若想以此炫耀於人，未免太好自矜誇了。

讀完此書，感覺很有收穫。作者的篇篇短文都在討論社會問題，尤其是許多社會文化現象，如不盡早正視改進，日後必會形成不良社會風氣。

曾為教師的我，雖然已離開台灣教育崗位將近三十年，但我仍時時關心台灣。如書中所提及的諸多問題，現今僅有少數獲得改善，若社會大眾對藝術與文化教育之重視是可喜現象；但仍有許多待改善的社會問題，如生命教育之加強、兒童正確價值觀之培養，及學子們精神教育之有效提升等問題，希望能日漸改善。

左：《九彎十八拐》
右：作者（中）與黃老師夫婦合影

2　再讀《包法利夫人》

我自小學四年級開始讀翻譯小說，那時年紀小，莫泊桑的短篇小說被我當故事書來讀，即便如此，《羊脂球》與《項鍊》的情節也讓我感到無比震撼。小學五年級到考上大學前，是我經歷惡補時期，與課外讀物完全絕緣，直到上大學才再拾讀翻譯小說。

再讀翻譯小說多以世界名著為主，如《簡愛》、《咆哮山莊》、《戰爭與和平》、《飄》等。在我將近四十歲時才閱讀福樓拜的《包法利夫人》，選擇讀這本書是出於好奇，可惜當時並未讀出興味。直過了耳順之年才再讀此書，竟被寫作技巧吸引，更被譯者精確動人的翻譯用詞感動，只恨自己沒早發覺此書的優點。

這次讀的是李健吾先生的譯本，他用詞簡潔精準，僅僅是第一節介紹夏爾・包法利的出場，就深深吸引了我，逐漸發現作者對人物的勾勒、景物的描繪，與故事情節的鋪陳，都十分細膩脫俗，寫作手法更令我深思玩味。

從穿著的描繪到舉止的描述，夏爾・包法利的笨拙清晰地被勾勒在讀者眼前。大器晚成的他，一波三折花了五年時間竟也考上了醫學院，順利掛牌行醫的背後有隻操縱一切的手，就是他的母親老包法利太太，她想操縱的不止於此，還要包辦兒子的婚姻大事，可笑的是，她竟為兒子找了位高齡寡婦，無貌又無德。我看到此處完全不能接受，世上竟有此等自私愚蠢的母親。

旋即想想，那時代，那環境，我又何須以現代思維論之？繼續閱讀，對夏爾・包法利的處境更是同情，這毫無情趣的婚姻帶給他更多的箝制與無奈。雖然面對我不喜歡的情境，但仍平心靜氣地繼續閱讀，只因作者對寡婦艾伊絲的描繪極為生動——她醜陋、善妒，渴望得到丈夫的情愛，卻又做盡傷害夫妻間情感之事。透過文字的渲染力，我竟不知不覺地陪著夏爾度過那段無奈的婚姻，對他的遭遇付出極大的同情。

終於否極泰來，女主角艾瑪的出現，間接結束了夏爾這段可笑的婚姻，也為他一生最快樂的時光譜出序曲。因為到貝爾托田莊替莊主盧奧老爹接骨，夏爾認識了莊主的愛女艾瑪，在這幾節的描繪中，我見識到作者當之無愧的美名——「賦予文字藝術之美的大師」，他以極細膩的手法，描繪著清晨田莊的景象，從馬廄打開的半扇門看去，其中的禽、獸、器物，甚至屋邊堆肥所冒出的水氣、池邊鵝兒的叫聲，彷彿一幅栩栩如生的畫作呈現在讀者面前。接著女主角艾瑪出現，一位身著三道花邊藍色絲絨長袍的年輕女子，她到門口迎接夏爾的到來，透過對廚房陳設的細膩描繪，讀者與夏爾一同進入盧奧老爹的病榻。接著，盧奧老爹的形貌與病況被形容得很仔細，又因病況簡單，夏爾明快地處理完傷者，卻不知何時已仔細看清楚艾瑪的臉蛋、膚色、髮型甚至鈕扣間的單片眼鏡，誰知這次難忘的出診，竟為夏爾平凡的一生種下令人意想不到波折的伏筆。

看到這，我對作者敘事的手法佩服至極，他那看似平實無華的詞語中，充滿令人無法停止的閱讀慾望，字裡行間透著一股強烈的吸引力，我越讀越有味，腦海中也隨著文義呈現出景象與人物，這種閱讀感受真是愜意。

在這種愉快的閱讀中，我見到夏爾的另一面：在艾伊絲死後，我不確定他是否因喪妻而悲傷，但作者透露的訊息是，「夏爾覺得艾伊絲到底是愛過他的」，看到此我為艾伊絲難過。

作者對艾瑪這位女主角的描繪是我最愛的部分，因為作者筆下艾瑪的個性非常鮮明，她的性格多變，從不珍惜已得到的——無論婚姻或愛情，她愛幻想，尤其對愛情，於是她背叛了丈夫。她短短的一生，將人性中所有的劣根性發揮至極，她自私、貪婪、縱慾又愚昧，也許她曾短暫地表現過對她唯一女兒的疼愛吧！自艾瑪出現後，我在閱讀時，總覺得她就如一個有血有肉的活人，不時在我眼前晃動。她出生於鄉村，卻被送到修道院中求學，正值青春期的她，雖受限於規範禮教之約束，卻仍想在現實生活中找尋浪漫愛情，一種正常婚姻中無法尋得的激情。返回鄉下後，竟將夏爾當作她爬出思想桎梏的浮木。當然，不久她就發現自己找錯了對象，她無休止地追求想入非非的浪漫，卻總在現實生活中遭遇令她幻想破滅的平庸。就在她為自己不斷挖掘的慾壑中，她永不滿足的個性使她陷入罪惡深淵，終至以自殺結束生命。

對於艾瑪的個性，作者是藉著一樁樁事件的發生來描述，如：進修道院初期她不覺煩悶，但後來，看似每月來做針線活的老姑娘帶來的情歌、故事及戀愛故事書打亂了她平靜刻板的生活，但我認為她個性中潛藏著不切實際的幻想與永不滿足的慾望，因此她製造得憂鬱症的假象，設法離開修道院返鄉。回鄉後又覺得鄉間無聊，在她渴望愛情時遇到了夏爾，自以為尋到她渴望的愛情而匆匆嫁給夏爾，但婚後不久她就開始厭棄丈夫與婚姻生活。就在她感到後悔與抱怨婚姻之時，安德烈侯爵的邀約又將她帶入另類世界。於是夏爾帶著妻子到位於沃比薩的侯爵城堡赴約，當艾瑪進入城堡後，她的所見所聞都令她極度震驚，美麗的花園、壯偉的城堡、豐盛的美食、服飾華麗的貴婦們，以及那令她意亂情迷的舞會與邀她共舞、使她神魂顛倒的子爵，這一切，如一粒大石頭掉落在她平靜的心湖中，所激起的漣漪更使她本就不務實的生活益見紛亂。自城堡歸來後，她努力使自己不要忘記所有事，直到她的記憶逐漸模糊，留下的只是一片惆悵。我非常喜歡這段描述，尤其喜歡作者在晚宴當晚的設計，用兩種不同娛樂方式來彰顯這對夫婦完全不同的個性：遲鈍且木訥的丈夫，在牌桌前站了五小時，只為了看別人打牌。他美麗的妻子卻在舞池中狂歡，而邀她共舞的「子爵」竟成為她首次精神出軌的對象。

在與「子爵」共舞後的一年裡，艾瑪的日子更迷亂了，她後悔婚姻，厭惡丈夫，幻想與「子爵」重逢，嚮往巴黎，與婆婆交惡又無理責罵女傭。我反覆閱讀這段，仔細尋思作者的布局，原來這一切非理性的行為都在為她的遷居鋪陳，故事的發展需要艾瑪搬家，才能在另一個環境中發展出另一件對丈夫的背叛。至此我明瞭，寫一部長篇小說如建一座高樓大廈，地基要扎實，每層樓都需要有足夠的承載力，承載繼續發生的更複雜的情節。

艾瑪搬到榮鎮的第一晚，住進新家的那一刻，她就寄望等待她的未來日子會比以前好，她對過去的日子極不滿意，由此可看出她永不滿足於現實的壞性格。

她與萊昂相識於搬到榮鎮的第一晚，二人相談甚歡。然後是產後巧遇，同去奶媽家看孩子。後來他們因不斷交流，一起看書與唱歌所產生的共同語言而建立密切關聯。看到這兒，我感覺艾瑪與丈夫夏爾從相識、相愛到結婚，都顯得十分匆忙，夏爾只看到艾瑪的外表，而艾瑪只將夏爾視為愛情的憧憬。反觀艾瑪與萊昂的相識，除不斷交談找尋心靈上的溝通外，甚至彼此在自家陽台用不同方式養花以傳情，在在都顯示他二人的相戀，有著相當程度的心靈相通，只是那時艾瑪已婚。

另一段我很喜歡的描述，是萊昂愛上艾瑪後，他不敢向艾瑪表白，那份痛苦與折磨，我初看時，認為雖是不倫之戀但也是真情，因此很有感動，當然對作者塑造萊昂個性的手法也更為佩服。越往後看，我甚至產上錯覺，萊昂是否就是男版的艾瑪？只是男版艾瑪的結局較幸運。

在此同時，艾瑪也活在極端矛盾中，她既要在萊昂面前裝做若無其事，又努力壓抑她內心不斷高升的情感外遇的火焰，更要努力扮好「賢妻良母」的角色。作者將艾瑪內在與外在分裂下的情緒，描寫得十分細膩，我閉上眼睛，幾乎能在腦海中見到一個外表端莊賢慧、內心卻動盪不安的艾瑪。作者從不同事件中不停地撕裂著艾瑪的情感，她終於又病了，病得不輕，連女傭都察覺。她求助無門，情緒失控後竟傷害了女兒。從這些描述中，我看到作者非常細膩地表達人物內心變化與行為舉止間的關聯性，這是以往我閱讀其他書籍時不曾關注的細節，因此我看到女主角的分裂性格被一次次地明確突顯，不得不說，這個人物被塑造得太精彩了。

萊昂終於對這份沒有結果的愛情感到失望，他決定到巴黎去讀完法律。作者高明的間接描述手法，再度表現在萊昂與艾瑪道別的場景上，艾瑪知道萊昂將離開，但她仍要表現得若無其事，作者筆下二人話別的場景實在令人玩味，女主角超理性的態度，使我對她克制慾念的表現極為訝異，更對作者的描述手法欽佩不已，短短十餘句話，既寫出艾瑪的自我克制，也道盡萊昂的熱情奔放。實際上，面對艾瑪的泰然自若，萊昂仍不死心，依依不捨地不斷回望，終至完全失望而跑著離開。我非常喜歡這段描繪，艾瑪是有情還是無情？留給讀者許多遐想的空間。

但萊昂走後，艾瑪心中並未平靜，作者以天氣的陰、晴、急雨和雨後即景來形容艾瑪心情的起伏，以景喻情，非常生動傳神。本來，人的心情是難以明見的，但天氣變化具體可見，以具體實物描寫抽象情事是常見手法，但要寫得精妙並非易事。

回想我年輕時對《包法利夫人》一書的認識，多以為這是本有傷風化之書，但再讀此書時我卻沉迷於景色描繪與人物刻劃中，所見到的男女情愛，也只是夏爾初識艾瑪時那份愛慕，很快就結為夫婦。而萊昂的出現，雖對艾瑪幻想愛情找到依附對象，但究竟尚未發生逾矩行為，而隨著故事情節的發展，我見到更多十分精湛的寫作技巧，當我閱讀的首要目的放在研究寫作技巧時，閱讀的興味就更濃厚了。

萊昂離開，令艾瑪的夢幻愛情破滅，也讓她心底燃起非理性對肉慾之渴望煙消雲散，這些不滿竟使她將討厭丈夫與思念情人畫上等號，對丈夫更加無禮，而她的丈夫只當她病了，一再容忍。艾瑪認為自己的日子過得越來越不幸，心情更加鬱悶，遂以瘋狂購物來宣洩，她真的病了。夏爾急得請母親來商量，老包法利太太的結論竟是：「無所事事，才會胡思亂想。」我想這是個很正確的結論，也或許是艾瑪一切非理性行為的緣由，但這並非故事情節要發展的方向。

就在此時，另一個使艾瑪情迷的人進入她的世界，他是羅多夫，他在首次見到艾瑪後就想到要把她「搞到手」，但他與萊昂不同，對尚未到手的情婦，他就先考慮該如何在事成後擺脫她。作者塑造如此卑劣之人的目的，正在彰顯貪婪慾望之可怕。可惜失去理性又濫情的艾瑪，正一步步落入羅多夫的陷阱中，卻自得意滿地認為自己得了位好情人。

作者在描述艾瑪與羅多夫的往來情形，與萊昂完全不同。艾瑪與羅多夫的往來只有肉慾，所以二人進展極快，而在這部分的描繪中，作者將女子背叛丈夫後的可怕言行描繪得極為細膩，一個縱慾女子被刻劃得極為生動，更可笑的是，艾瑪竟將她與羅多夫的偷情行為看作是戀愛，甚至妄想與情人結婚，於是她向他要愛情誓言與婚戒。我在嘆息艾瑪無知的同時，也更加敬佩作者刻劃人物性格的高超本領。隨著這兩人越來越頻繁地來往，艾瑪的行為更加瘋狂且離譜，她甚至想要買槍來對付自己的丈夫。而我認為這段不倫之戀最可悲之處，實為艾瑪對丈夫夏爾的冷酷無情，在夏爾醫療失誤的打擊來臨前，她是鼓勵他做這荒謬手術之人，但當夏爾手術失敗需要鼓勵與安慰時，艾瑪卻狠心推開丈夫奔向情人懷抱。我看到此處極為氣憤，因此對後來她被羅多夫拋棄的結局非常認同，但更為夏爾惋惜，艾瑪雖未能與情人私奔，但她的丈夫卻因她任意浪費金錢，面臨更大的財務危機，同時也因艾瑪情緒失常的情狀，使丈夫精神壓力大增。我讀到此，對作者安排故事請節的高妙本領甚為佩服，他不但洞悉人性的弱點，更能將這些弱點具體且生動地描述於字裡行間，深入刻劃的人物躍然於紙上令讀者動容。

繼續閱讀，艾瑪因失戀再度病倒，我發現作者描述艾瑪病中的失魂落魄很是生動，尤其在形容她認為自己將死，要舉行臨終前的宗教儀式的那幾段文字，在儀式進行中艾瑪產生幻覺，以為自己進入天國，而作者在描繪天國的景象部分，使用了超俗的想像力，不僅有景更有情，虛幻飄渺的景象居然使艾瑪感受到塵世以外的情愛，更使她想成為聖徒，只是她回過神後又陷入一種近乎瘋狂的宗教狂熱。由這段敘述，我感受到艾瑪心中的極度空虛，她以個人狹隘的好惡，來評定她對身邊人的愛憎。這次的宗教狂熱源自於布尼賢先生的勸說，我真心希望她能就此振作，結果卻不然，她的反常行為攪擾了親人與鄰居，幸好有穩重的婆婆與善良的鄰居，他們對艾瑪的照顧使夏爾輕鬆許多。只是在藥劑師夫人奧默太太來探望時，跟隨她來的除小奧默外，還有學徒朱斯坦，誰知艾瑪放蕩的梳頭動作，竟引得學徒朱斯坦春心蕩漾，當我看到「她想不到愛情從她生活中消失了，卻跳進了她身邊一個少年的心頭，她的美貌發出的光輝，卻照亮了他的粗布襯衣」，心裡為之一震，真擔心朱斯坦會成為艾瑪放蕩不羈下的受害者。

時間的確是沖淡情傷的良藥，春暖花開時節，艾瑪重整花園後身心逐漸復原。不久，夏爾接受藥劑師的建議，帶艾瑪去盧昂聽歌劇，艾瑪起初不願意後來也就答應了，更得到老包法利奶奶送來的三百法郎，減輕了夏爾的債務負擔，他二人就輕鬆出行，前往觀賞拉加迪主演《呂茜・德・拉海穆》，艾瑪將自己打扮得十分美麗。從到達目的地開始，作者開始一連串細膩的描述，夏爾笨拙地問路，過分小心地緊握戲票，又為艾瑪添購了帽子、手套與花束，儘管經濟拮据，夏爾在哄著艾瑪開心的花費上從不猶豫。進場後的艾瑪起先有些緊張，但發現自己是坐在包廂中看戲後，她立即挺起胸膛，神氣得如公爵夫人，由此我再次看出艾瑪的虛榮心。

在舞台的簾幕被拉起前，作者以細膩筆法描繪劇場內的形色，我彷彿聽見人聲嘈雜，也透過艾瑪的眼睛，見到老頭與花花公子，但僅只對這兩種人，作者就以工筆畫的手法，仔細描述他們的容貌、神態與穿著打扮，在讚嘆作者精湛寫作技巧之餘，不禁思考：為何艾瑪眼中看不見女性？作者是藉此傳達某種訊息嗎？

燈光與燭光逐漸明亮起來，各種樂器相繼響起，舞台的簾幕終於被拉開，布景的呈現與舞台上演出者的穿著與歌聲，令熟悉故事情節的艾瑪十分陶醉，尤其當主角拉加迪出場後，艾瑪完全融入劇中，她甚至將自身的遭遇妄想入劇情中，可是不解風情的夏爾卻不懂歌劇，頻頻發問。在這段敘述中，作者再度細膩描述夏爾與艾瑪間興趣及愛好的差距，我認為作者藉著如此的描繪，除突顯兩人個性的不同外，可能還在為即將再出現的萊昂鋪路。

就在最後一幕戲開演前，體貼的夏爾跑去為艾瑪買杏仁露，而遇到了久違的萊昂。雖然艾瑪努力地要表現她對萊昂重現的不在意，但她還是隨著丈夫與萊昂，三人一同走到劇場外小聚。談話中夏爾聽從萊昂的建議，勸艾瑪多住一晚留下來繼續看戲，而艾瑪的表現是猶豫的。其實，面對萊昂，似乎艾瑪總顯示猶豫，但與她日後的瘋狂與大膽相比較，那晚她的表現真是判若兩人。

與艾瑪分別三年的萊昂，並不知曉艾瑪曾有過一位情人，他依舊愛慕她，在過去的三年間萊昂常與輕浮子弟來往，因此他已不再是以前那個只敢暗戀異性的膽怯小子，他決心要得到艾瑪。第二天他們再見面後的一次長談，似乎將分離三年間間斷的記憶重新銜接，「看戲」，只是二人重聚及隔天中午在大教堂約會的幌子，艾瑪似乎努力在阻止某些事情的發生。關於他兩人坐入馬車後，有段非常細膩的描述，但長達數小時的馬車遊街時間，讀者們看不見馬車內的情形，能見到的只有一隻老馬拉著破車漫無目的的遊街。很長的一段時間，車裡只偶爾傳來萊昂怒聲對車夫的命令語：「往前走！」「不要停，一直走！」車內的光景不得而知，再度留給讀者遐想的空間。

結束一下午的馬車遊街後，艾瑪急匆匆地趕去搭車返家，無奈她誤了「燕子號」班車，只得另外雇專車追趕「燕子號」。其實她要趕著回家並非有大事，而是為了對丈夫的承諾，可見那時的她還沒完全喪失理性。「燕子號」到達村莊後，艾瑪還沒回家就被請到藥劑師奧默家，正是家家戶戶忙著做果醬的季節，奧默家的學徒卻因誤入儲藏室，打破藥瓶而惹怒藥劑師——就是這個失誤，讓趕到的艾瑪認識了毒藥「砒霜」的瓶子，為她日後自殺埋下伏筆。

一陣混亂後，藥劑師才說出叫艾瑪前來的原因：她公公突然去世，可憐又善良的夏爾，擔心艾瑪無法接受這消息，竟請藥劑師婉轉告知。我看到這兒很是氣憤，既感嘆夏爾的善良不被艾瑪珍惜，又覺得夏爾傻得可憐，他哪知道艾瑪對他家人從未在意。當艾瑪回到家中看到悲傷的夏爾，她不但沒對喪父的丈夫給予溫暖，更是滿腦子想著另一個男人。看到這兒我更替夏爾感到悲哀。

內心已被萊昂完全佔據的艾瑪，藉著找理想人士辦委託書之由，而尋得與萊昂單獨相處的正當理由，此後的艾瑪完全失去理智，又編造學鋼琴的謊言，每週固定進城與情人幽會，可笑的是，一個月後夏爾竟覺得艾瑪琴藝進步了。艾瑪自沉迷於與萊昂的幽會後，她在家庭生活中肆無忌憚地排斥丈夫，甚至將他趕到樓上去睡覺。更在幽會時要享受絢麗多彩，要住昂貴酒店，她瘋狂地找錢，完全失去理智。

就在艾瑪瘋狂私會情人期間，她曾遇過幾位熟人，但都沒拆穿她的可疑行徑，直到他們遇到了勒合先生。勒合是個絕對的真小人，也是艾瑪的命運終結者，他抓住艾瑪的弱點，不停地威脅她，讓她不斷地簽借據，每次簽完借據後，勒合總會滿足艾瑪想要借款的要求，艾瑪拿到錢後就隨意揮霍。越陷越深的艾瑪，因為手上有委託書，不斷地被勒合欺騙，甚至連包法利老先生的田莊也落入勒合的算計中，狡猾的勒合更在給艾瑪的借款中扣下巨額利息，極盡詐騙之能事。待勒合來要債時，可憐到夏爾又被哄騙得簽了更多借據。當老包法利老太太答應願協助償還債務，且提出要查帳的要求時，艾瑪竟跑去與勒合串通，以做假帳來矇騙。無能又軟弱的夏爾與貪婪縱慾的艾瑪，終於被可惡的勒合騙得債台高築。

經歷縱慾及揮霍無度的艾瑪依然不滿足，她仍幻想要得到一個剛強勇敢、熱情洋溢且英俊又有詩意的男子，她對於所得到的從不珍惜，無止境的慾望將她一步步引向死亡。看到這兒，我越發佩服作者，他筆下的艾瑪不僅有血有肉，更有著真實的人性，只是在艾瑪身上表現的是人的劣根性。作者用生動的描繪與構思，藉著艾瑪將人性的缺失驚心動魄地呈現在讀者面前。我在搖頭嘆息的同時不得不感慨，人要時時守住本心，不可貪得無厭。

就在她慾壑難填，日子過得渾渾噩噩時，一個名叫萬薩爾的男子來到她家，他向艾瑪展示一張由勒合那兒得到有艾瑪簽名的七百法郎借據，艾瑪推託的結果，次日收到一張法院的拒付通知書，她嚇得去找勒合，再度被一陣哄騙後又增加了欠款。回家後她瘋狂地逼丈夫向老包法利夫人要錢，更變賣身邊值錢首飾、中國瓷器等，又背著丈夫向可憐的病人討要醫療費，甚至向所有熟識的人借款。她每日生活完全失序，毫不關心丈夫與女兒的生活起居，任由女兒穿著無人縫補的破衣襪。懦弱的夏爾迫於艾瑪的淫威，仍對她唯命是從。我看到此非常憤怒，甚至認為艾瑪的墮落是夏爾間接造成的。

萊昂也逐漸地感覺到艾瑪的改變，他發覺她越來越放蕩、易怒又揮霍。對於艾瑪的放蕩，萊昂起初還覺得可愛，但卻無法忍受她的過度揮霍，最後艾瑪甚至逼著萊昂去典當她父親送她的結婚禮物，於是萊昂打算結束與艾瑪這種不正常的關係。就在萊昂產生離意的同時，艾瑪也覺得幽會與婚姻同樣是索然無味。在此同時，萊昂母親收到一封匿名信，信中揭露萊昂與有夫之婦交往的事，這位震驚的母親立刻寫信請萊昂的老板勸導萊昂。經過老板的勸說，萊昂雖起誓邀離開艾瑪，但實際行動卻不夠果決。就在艾瑪參加完四旬齋狂歡節化妝舞會返家後，她接到一紙判決書，命令她須在二十四小時之內付清八千法郎欠款，她瘋狂地去找勒合理論，又去找萊昂請他幫忙借錢，當一切都無結果時，她得知她所有動產都要被拍賣，甚至去找公證人，結果受到屈辱。就在她幾乎絕望時她想到那個曾背棄她的情人羅多夫，自然又是一場失望，離開羅多夫家的艾瑪是徹底絕望了。我想作者再次安排艾瑪見到羅多夫，是要將艾瑪心中對這情人僅存的懷念也抹去吧？就在她萬念俱灰時，她想起藥劑師儲藏室中的「砒霜」。當她來到藥劑師家，向學徒朱斯坦手上騙到儲藏室的鑰匙，拿起砒霜就往嘴裡灌。吃過毒藥後的艾瑪感到格外輕鬆，大搖大擺地走回家，留下錯愕不已的朱斯坦。朱斯坦曾經迷戀過艾瑪，在生活中也曾默默關懷著她，甚至在法院張貼公告，詔示眾人要拍賣艾瑪家的動產時，他撕下公告只為著想以一己之力維護艾瑪，如今看到艾瑪在他面前服下毒藥，這是十分痛苦的見證。作者如此安排的用意何在？我想是要朱斯坦親眼見到艾瑪的瘋狂行為，幫助他斷絕對艾瑪的遐想吧？

服下砒霜並不會即刻死去，艾瑪回家後無視夏爾知道家產被扣押後的慌亂與尋不到妻子的焦急，且完全漠視夏爾的詢問，寫好遺書後平靜地等候死亡。接下來有關艾瑪死前的描述是令人慘不忍睹的，可憐的夏爾，即將面對他生命中最大的悲慘——從艾瑪的服毒自盡到日後發現艾瑪不忠的鐵證。我看到此，心中甚是不忍，艾瑪的錯讓她付出生命，夏爾的懦弱讓他飽受恥辱鬱鬱而終，但可憐的小女兒無辜，最後竟成為孤兒，這是何其悲慘的故事啊！

雖然不忍，我仍繼續往下看，再度見識到作者的功力，從艾瑪毒發到斷氣竟足足有十五頁的描述，那份細膩是攝影鏡頭無法捕捉的，艾瑪所受到折磨的點滴，彷彿在對映她過往所犯的種種過失，我腦海中不斷浮現可怕的畫面，甚至還嗅到那令人作嘔的惡臭。儘管這段描述是可怕的，是揪心的，但我仍仔仔細細地讀完了。艾瑪嚥氣了，結束了她罪惡又短暫的生命，我的思緒從閱讀中回到現實，我感到全書的「警世作用」，到此彰顯無遺。

我仔細地讀完作者在艾瑪死後下葬前的種種，久未出場的朋友、鄰居，及她的父親與婆婆都一一出現，作者仔細地描述著這些人們，他們在作者筆下是鮮活的。我特別注意，金獅旅店的夥計伊波利特，帶著艾瑪送的假腿來送別，我想作者在彰顯此人的善，他不計較夏爾毀掉他的腿，只記得艾瑪對他的好。另一個特殊者是藥劑師的學徒朱斯坦，他深夜到艾瑪墳前來哭泣，顯然他內心充滿愧疚，他總認為是他害死艾瑪，後來他離開了藥劑師家，作者用「逃」這字來形容朱斯坦的離開，因為他懷著罪惡感，那晚，也許他是來向艾瑪道別的。

此外，我還注意了一處小節，艾瑪在承受毒發痛苦折磨時，她竟溫柔地撫摸夏爾的頭髮，使跪在床前的夏爾更加痛苦。我閉目回想，艾瑪給予丈夫的溫柔好像只有短短的兩「點」時間，一是匆匆結束的蜜月，另一就是她死前這片刻，人之將死，良知終於出現了。

懷著好人有好報的俗念，我多麼希望可憐的夏爾能有另一段幸福婚姻，但結果卻是殘忍的。死去的艾瑪一了百了，活著的夏爾要面對艾瑪留下的債務，不斷有人來要債，他毫不在意地滿足討債人，唯一不能變賣的是艾瑪用過的傢俱。我看到此對夏爾又氣又憐。就在艾瑪死後不久，夏爾收到萊昂的結婚訊息，他卻自做多情地認為，若艾瑪活著會很開心聽到這消息，唉！他真是個可憐的濫好人。當夏爾發現羅多夫給艾瑪的情書時，他竟將羅多夫對艾瑪的愛慕想成是「精神戀愛」。作者接下來對夏爾個性的描繪我很喜歡，文中的夏爾被描述成為這種個性──「不是那種尋根問底的人，在證據面前反而畏畏縮縮，他的妒忌似有似無，已經消逝在無邊無際的痛苦中了。」我之所以喜歡這段，是因與後來夏爾發現真相相比，此時的夏爾是明智的，而從寫作的技巧上分析，前後兩處相比較，留給讀者的印象是震撼的，我再次對作者表示敬意。且看他以下對夏爾的描述，出於對死者的敬意與不捨，他從未打開艾瑪常用桌子的抽屜，那天他到底是打開了那個彈簧瑣，結果散落出來的全是萊昂的情書，夏爾這次再也不逃避了，他看完情書內容的結果是大叫，失魂落魄如瘋了一般，接著他開始酗酒，遠離人群。對照夏爾前後兩種表現，當然是後者較正常，但能想到以如此方式，來描述一個得知亡妻外遇真相後的丈夫，真是高明。

看到此處我的想法是，夏爾對艾瑪的愛會就此結束，他會振作起來做個好醫生，再開始另一段幸福婚姻，但是作者卻以悲劇手法來處理夏爾的命運：夏爾死了，只是在他死前遇到羅多夫，羅多夫竟邀夏爾去喝酒，夏爾面對羅多夫的表情是作者另一處精彩的表達方式，他先是憤怒，臉色、鼻孔、嘴唇都因怒與恨而產生強烈變化，甚至眼睛也死瞪著對方，但最後他又恢復了那種心灰意冷的表情，竟說了一句！：「我不怪你了。」接著又說：「不是，我現在不怪你了。」作者將這句話定義為夏爾一生中唯一的「豪言壯語」。我對這句話的用意思考良久，我想，作者最後仍在強調夏爾善良又懦弱的個性。

作者快速地交代了夏爾父女的結局，夏爾死候三十六小時才有人收屍，清算財產與債務的結果，可憐的孤女貝爾特只得到一張到祖母家的車資，最後祖母病逝和外公癱瘓，小孤女雖被遠房的窮姨媽收養，但仍須當童工，看到此我真痛恨艾瑪。

在全書結束前，作者特別提到藥劑師奧默，一個很會自我吹噓的能人，他的行為卻被輿論接受，致使正牌醫生無法立足，雖然他只佔據小小的容鎮，但見微知著，作者是在反映一個現象，這極為普遍的現象，幾乎到了見慣不怪的地步了。我不知能否稱他為小人？如能，那麼作者是否在表達那個社會是「小人當道」呢？

讀完本書，我的情緒受到故事影響很是憂傷，但沉思後我整理出以下感想：

一、我仍認為這是「警世之作」，因為要警告世人墮落放蕩的後果是悲慘的，所以作者仔細描述艾瑪被債務逼迫後走投無路的絕望、毒發身亡前的慘狀，終至貽害親人，丈夫鬱鬱而終，女兒成為貧苦的童工。一切結局必須悲慘，才能產生「警世」作用。

二、作者的寫作技巧堪為典範，故事情節引人入勝，抒情寫景更是感人又細膩。長篇小說如起高樓，地基結構處處都須縝密連結，作者如一位優秀建築師，從構思、繪圖、選材到施工，步步嚴謹，終於完成此鉅作，在世界文壇擁有重要席位。

三、在人物的安排上，作者賦予書中每個角色真實的生命，自出場後他們身形與情感都被仔細描繪，一切都被安排得有條不紊，即使相隔許久再出現，作者仍能絲毫不差地讓這角色繼續發揮，雖說長篇小說應有的布局，但能完全掌握且表現傑作者實在不易。

四、讀完全書後我一直在思考一個問題：為何此書在問世初期被視為有傷風化之書？又為何當代的以衛道者自許的讀者們，不能反思故事的警世性？再次讀完此書後，我很慶幸此書並未在當世被「有傷風化」與「誹謗宗教」的罪名毀棄。我想，一本經得起考驗的好書，即使內容簡單，但總有一個令人嚴肅思考的中心議題。所謂「內容簡單」，指的是平凡隨處可見之事。所謂「嚴肅的中心思想」，指的是不違背人性，及鼓勵人向上向善的議題。《包法利夫人》就是這樣的一本好書，福樓拜是以警世的方式來突顯這議題，可惜只看故事表面意思的人忽略了它的深意。

五、當然，《包法利夫人》一書會成為世界名著的另一原因，是作者縝密的構思，與高妙的寫作技巧，及精確的遣詞造句，這是一部世界著名文學書籍不可或缺的要件，讀者更須仔細閱讀，才能領會其中深意，我慶幸老年再讀此書。

3　我讀《勞燕》

幾乎是一口氣讀完張翎著的《勞燕》，幾乎是每讀完一頁我就有一番感想，但當我正式開始寫讀後感時，卻不知如何著手。是因為感想太多、太零碎的緣故？抑或是我在不停翻頁閱讀的同時，將那些感觸都翻落四散了呢？我決定再讀一遍。

這是一個非常動人的故事，但絕不能只當個故事來讀。在這本書裡，我見到許多前所未見的寫作方式，尤其當我看簡靜惠的序文中寫道：「文學家只是擅寫故事嗎？當然不只如此，文學家須有歷史的深度、社會學的觀察、哲學家的厚度，要有豐富的想像力與美學的涵養。張翎不僅有上述的優點，更有溫潤包容的性格。」我頓時覺得這真是一本內容豐富的好書，定有許多值得我學習之處。

作者以抗日戰爭為背景，從歷史的深度中，去書寫那些沒沒無聞小人物的故事，透過作者無限的想像力與不落俗套的寫作技巧，再加上她恰當地組織所收集來的資料，為小人物們創造了不凡的故事，也呈現那年代大環境帶給人們的衝擊。作者安排三位主角與二隻寵物以回憶方式來敘述往事——不，嚴格地說，是三位主角與二隻寵物的靈魂，由亡靈來回述往事，多麼有特色！

首先出場的是傳道人比利，在第一章，他從自己的出生談到死亡；非常好的一個人，可惜只在人間待了三十九年，他是三人中最早去世的。在他死前的數月，也就是得知戰爭結束的那個八月十五日，比利、伊恩、劉兆虎三人一起喝酒狂歡到半夜，劉兆虎建議，三人不論誰先死，死後每年這一天，都要到月湖來等待其他兩人，聚齊後再痛飲一回。他們一邊喝酒一邊擊掌握手接受這建議，當時三人都認為那日子將是遙遠的未來。誰知比利竟死於三個月後，死在返回美國的郵輪上。我看到這兒好感傷，一位大好人，卻因熱心救人疏於防範而傷到自身以致喪命。關於比利的死，作者是如此形容的：「就這樣，我從一個對和平生活抱有溫馨憧憬的傳教士，變為了一個在兩塊大陸之間漂泊的幽魂。」如此簡潔的敘述，正是作者無數生動修辭中的一類代表，我非常欣賞。就這樣，回到月湖的第一位魂魄產生了。十七年後比利才等到劉兆虎，作者用以下幾句話說明這二人年齡的差距：「那一年，你，劉兆虎應該是三十八歲，而我則是永恆的三十九。亡靈的世界顛覆了活人世界的規矩，在活人的世界裡，我長你十九歲，而在亡靈的世界裡，你僅僅比我小一歲，死亡拉近了我們的距離。」這是一段很耐人尋味的邏輯推理，並以此說明陰陽兩界之不同，為往後的敘述鋪陳。

第一位返回月湖的魂魄比利，除介紹自己和劉兆虎外，還對周遭環境做了一番描繪，從在他手中落成的教堂，到當年的籃球場、小學校舍都變了樣，唯一留存的中國學員宿舍，也只剩一個大致完好的門臉。這段描述是源自作者親往舊址查訪的結果，到此，舞台搭好了，其他人物將陸續出場，好戲已慢慢開始。

依恩是第二位出場的主角，但他卻是三人中最後去世的。他的敘述方式不同於比利，他先強調自己死後立即赴約，接著他說明他的「裹屍布」是那套灰卡其雜役服，因為這套衣服帶給依恩關於「平等和尊嚴的記憶」。我想這種記憶對依恩是非常重要的，就如同他接下來所談的「戰友」定義一般。除看重那一襲灰卡其雜役服外，依恩對「戰友」的定義也很值得深思，依恩將劉兆虎視為「戰友」的原因有二：一是在一同夜行軍時，劉兆虎熟悉地形，不止一次以暗號提醒依恩免墜於萬丈深淵，於是依恩將性命託付給劉兆虎，並認為那是一種無以倫比的信任，所以儘管兩人生命的交集很短暫，但堪稱「戰友」。再則，劉兆虎起初對依恩教導遙控或定時炸彈的課程沒興趣，他只喜歡手榴彈之類的近距離殺傷武器，但依恩教導他，殺死敵人的同時也要保障自身的安全，應建立安全撤離的觀念，從此劉兆虎信任依恩的指導，在執行任務時，他以充滿信任的眼神望著依恩，等待他下達按下引爆器的命令，依恩極為看重劉兆虎對自己的這份信賴——把生命毫無保留地交付給他，所以是「戰友」。我看這二人以性命相交的情感，很是感動。看到這兒，我領悟到作者介紹人物的方式是多樣的，不僅只是傳統的容貌、身世介紹，更可以價值觀的描述來說明人物的個性，如此使個性的呈現更為生動。

接著有段話我認為是發人深省的，人們總視「長壽」為福氣的象徵，但依恩卻多次懇求上蒼賜他速死，因為自七十二歲那年喪妻後，他就已失去了生命的熱情，更何況自八十四歲那年在浴室摔倒後，他的餘生就因腦溢血、癱瘓、失語等病長住醫院。作者用以下這段話來說明依恩的無奈，我非常欣賞：「我一次又一次質問上帝：為什麼將我的身體打入死囚的監牢，卻讓我的腦子享受全然的清醒和自由？可是命運的遙控裝置不捏在我手裡，我無法掌控它的起爆時間。就像命運用早死來懲罰你們一樣，它用苟生來嘲弄我，讓我在病床上又活了整整十年。」這段話說明人活著除身體要健康外，還須行為與思維清醒且自由才有意義，這種見解為「長壽」做出正確的詮釋，值得深思。

依恩的這篇敘述還有另一特色，他使用一半的篇幅來介紹凱瑟琳．姚，這位二十三年間兩度出現的女士，我初次閱讀時對這位女士完全沒概念，只看到她首次出現在依恩妻子去世前，依恩將她匆匆趕走，而此後的日子，依恩雖用盡方法想尋找她，但日復一日、年復一年她沒再出現。當她再次出現的兩天後依恩過世了，彷彿依恩躺在床上多活這二十餘年全為等待她的再現，儘管兩次見面凱瑟琳．姚對依恩都充滿怨懟。當我再次閱讀時，我已知道凱瑟琳．姚的真實身份，再對照依恩返美後的音訊全無，我對依恩的表現感到意外與失望，尤其是對照他對那套「裹屍布」與「戰友」定義的堅持，他不應如此寡情對待凱瑟琳．姚的母親。

第三位出場的是劉兆虎，比利和依恩都將介紹女主角的工作交給他。這位女主角在劉兆虎的世界叫「阿燕」，在依恩的世界叫「溫德」，比利則叫她「斯塔拉」，不同的名字在三個男人的世界中發生了不同故事，賺人眼淚的故事。劉兆虎的第一篇敘述，只介紹他與阿燕的出生背景，他二人出生在一個名叫「四十一步村」的地方。這村子三面傍山，進出村口只有一條水路，雖是條不算寬的無名河，但想要過到對岸，仍須撐條舢舨狠搖幾櫓，由水路入村下船後須爬四十一條石階，這就是村名的由來，這村子距離月湖有四五十里路。由於此地易守難攻也不值得東洋人強攻，因此村裡人從沒見過日本人。

劉兆虎小名叫「虎娃」，他的父親與阿燕父親是結拜兄弟，他們是由外鄉來的，阿燕的父親請劉兆虎的父親留下來幫忙經營茶園，並將他們全家留住在院內，所以劉兆虎和阿燕自幼相識。劉兆虎原被父親送往縣城念書，因上街遊行抗議政府的諸項措施而被捕，最後被送回鄉下。劉兆虎當然受到父親的責備，但返鄉後的他卻時時計畫要去延安，他將此祕密只告訴阿燕，並開始四處尋找殺人武器。就在此時，平靜的小鄉村發生了大事，日本飛機投炸彈，其中一枚擊中了村裡的茶園，共有八人被炸得屍首不全，其中包括劉兆虎與阿燕兩人的父親，這個變故除令人悲傷外，還直接影響到即將收成的茶葉，因為缺採茶與揉茶的工人，阿燕以她的果斷，留住了想離去的採茶工人，又以她的膽識打破女子不能用腳揉茶的禁忌。那年她才十四歲，就顯出與眾不同的處世能力。

就在他們忙著揉完茶的次日，村裡出現來抓壯丁的人，阿燕為了幫助劉兆虎免去抓丁的命運，她答應母親招劉兆虎為上門女婿，如此劉兆虎就成為姚兆虎，他算姚家女婿，劉、姚兩家只有這一單丁，他不用去當兵了。誰知這件事發生後不久，阿燕的命運變了，因為父親的頭七日，她與母親去掃墓，歸途唯有劉兆虎的母親由另一條路回家，劉兆虎陪著阿燕母女返家時遇見日本兵，阿燕遭到日軍強暴，身心俱創，她的母親被殺，劉兆虎也受傷失蹤。

接著比利牧師再出場，作者以極嚴肅的語詞來預告他見到阿燕的殘酷場景。比利在去拜訪草藥師的路上，遇到阿燕垂死的母親，得知受傷的阿燕，他初見阿燕被強暴後的慘狀時心中甚為憤怒，醫術與心地都好的比利，帶著重傷的阿燕回家，細心地治療她身上的傷，又以愛心撫慰阿燕受創的心靈，並給她取名「斯塔拉」，是英語「星星」的諧音。比利告訴阿燕，在黑夜裡不要害怕，看到星星就能找到家，阿燕記得她的母親也是如此說的。一個月後阿燕提出要回家，比利才告訴阿燕她母親已去世，阿燕勇敢接受這噩耗，其實那晚阿燕聽比利講星星的故事時就有預感。

作者在此處，透過比利的敘述，說出以下這段話來形容阿燕的勇敢：「斯塔拉的勇敢，除了上帝賜給她的膽氣之外，還有另外一個原因：斯塔拉的心裡有一根柱子，縱使天塌下來，把地壓成齏粉，只要這根柱子在，斯塔拉就在。這根柱子，就是劉兆虎。」我讀到此已感覺到，阿燕——比利口中的「斯塔拉」，她必須是堅強勇敢的，才能扛得住接下來不斷的磨難。

把斯塔拉送回村後，單純的比利以為她會過得很好，誰知當晚日人對阿燕的獸行竟被另兩個掃墓婦人看到，她們返村後將一切所見悄悄散布，致使阿燕返回村子後無立足之地。僅一個月後比利再見到他的斯塔拉時，她的形貌變了，神智也迷糊了。見到她被村裡的頑童戲弄，又聽說她被村裡閒人癩痢頭糟蹋，比利極為心痛，他決定要帶她回月湖親自照顧，並立即禱告，求神將斯塔拉的心還給她，他在禱告中甚至說到願自己減壽以換回斯塔拉的心。比利以為他的禱告從沒被神應允，但這次神真的回應了。作者是如此描述著比利的感悟：「兩年半後，當我躺在『傑弗遜號』郵輪的船艙裡，看見死神的翅膀在牆上落下的陰影時，我才聽懂了上帝的回應。」我是在第二次閱讀時才看懂比利的心意，覺得書中這三個男人中最愛阿燕的就是比利，為祈求他心中的「斯塔拉」恢復正常心智，比利寧可折壽，多好的人啊！

跟著比利回到月湖後，阿燕仍自我封閉。比利在一次為病人動闌尾炎手術過程中，由於阿燕的自願幫忙使手術順利完成，比利因此決定教阿燕行醫，期使她今後能抬頭挺胸地活下去。就在這次懇談後，阿燕用一場痛哭打開了自己的心結。此後的比利，憑著身藏一支只有二十六發子彈的白朗寧袖珍手槍，帶著阿燕四處出診。就在中美特種技術合作所訓練營的人來到月湖前，比利開心地看著阿燕成長，並默默為她存錢，準備送阿燕去念正規醫學院，而阿燕也認真地作比利的助手，直到訓練營的人來後，把他們的生活軌道引向另一方向。

讀到這裡，我見到了阿燕的重生，這個不幸的女孩，幸運地遇到善良又充滿愛心的比利，她未來的日子將會越來越好。有關女主角先前受到的苦難與後來的好轉，我很喜歡作者透過比利的思維，做以下這段敘述：「最陰霾的日子總算過去了，斯塔拉的生活不過是一個寫壞了開頭的故事，總還可以有無數個機會補救。」可不是嗎！人只要好好活著，力爭上游，總會改變命運的。

接下來的敘述，是以家書形式呈現，標題是〈美國海軍歷史檔案館收藏品：戰地家書三封〉，寫信人是依恩。這三封信是依恩向他的美國家人介紹他在中國的生活、見聞與心情，作者藉由依恩的家書，描述當時中國的鄉下窮苦物質生活條件，尤其蚊蟲、跳蚤嚴重地影響著這位異鄉客的睡眠，乏味的飲食令他腸胃不適，但田裡的水牛、店裡售賣的馬桶令他驚喜而鬧笑話，異鄉客思親的情緒最終以訂製當地土布衫送親人作結。我很喜歡作者如此的表達方式，生動寫實又不落俗套。

信中更可看出當時美軍的困苦物質與精神生活，生在異鄉為異客，既要克服思鄉之苦，又要適應異鄉的艱困生活，同時還須飽受戰火摧殘之苦。藉著幾封家書，異鄉客的各種思緒都被生動表達。作者的構思非常活潑，加入依恩與家人的對話後，內容顯得更豐富生動。在這章中我也看到依恩的兩種感情：大者是他對羅斯福總統過世的悲哀，小者是他失去女友的個人情傷，在這份情傷中，他提到因心情低沉而做了些感情上的蠢事，這似乎又牽扯更多的故事情節。

接下來這章，還是依恩的敘述，他在一開始就說明他死後急忙趕到月湖的另一主要理由，是來憑弔軍犬「幽靈」，儘管墓穴中只埋藏著裝有一撮毛髮的餅乾盒。依恩先介紹軍犬「幽靈」，一隻訓練有素的優良軍犬，因缺乏實戰機會，牠已淪為這一群大男孩的寵物。但在物資缺乏的寒冬，牠陪伴著被凍醒的依恩，並成為主人無聊時的取樂對象。有趣的是，在「幽靈」短暫的四載生命中，牠認識了阿燕的愛犬嬌小蜜莉，因為這兩隻狗兒的私下往來，牠們的主人阿燕與依恩，因為經常找尋寵物而逐漸熟稔。

在這節的敘述中，藉著一次由水路去取軍需物資的路程，作者特別著墨於景色描繪，那是難得一見的「划舢板」之行。過河前那段生動細膩的描繪，從天光水色、草叢水禽到小洲與岩石，藉著文字的穿透力，我腦海中即刻呈現美麗畫面。作者同時也生動描繪斯塔拉划舢板的姿態，最精彩是她行至風口時的英姿，辮子被風吹散，衣裳被水濕透後緊貼身上，將她的身體勾勒如一尊石膏塑像。我特別喜歡以下這幾句敘述：「風不僅藏在她的頭髮和衣裳中，風也藏在她的眼睛裡，她的眼睛裡充滿了風的力量、風的自由，還有風的憤怒。那一刻的斯塔拉似乎已經駕馭了風，把它馴化成了自己的坐騎。」「風」本是難以描繪的自然現象，作者將之與具體的「人」合起來描繪，使得風的具象躍然紙上。因為這幅生動的「風口划舢板」，徹底感動了依恩，於是他給斯塔拉取了一個只有他能叫的名字「溫德」，是英語中「風」的諧音字，因那一刻風中的「溫德」在依恩眼中被定格了。

接著這章又是劉兆虎的敘述，作者將這章定名為〈死原來是一件如此艱難的事情〉，多麼令人感傷的標題！他一開始就說明在父親頭七那日去掃墓，挨日本人一槍，他昏迷被救月餘後返家，不但錯過與友人同赴延安的機會，且在返家後聽到阿燕不幸的遭遇。作者用以下幾句話形容他得知這不幸消息後對死亡的看法：「在這個狼煙亂世裡，死是一種慈悲。不是每一個求死的人都能得到死，上天把死當作一種禮物，愛分給誰就分給誰。上帝沒把這份禮物給我，或者給阿燕，所以我們就得承受活著的殘酷。」好悲哀、好沉痛的描述，戰爭的殘酷令我不寒而慄。

他接著說到，與阿燕相逢竟是在一個很難堪的場景，他再次返家準備向母親辭行後遠行，卻看到癩痢頭正要非禮阿燕，他當即雖救下阿燕，阿燕卻由癩痢頭辱罵的口中得知劉兆虎對她的嫌棄，而且她也看懂了劉兆虎在她面前的肢體語言，從此阿燕對他死心了。後來劉兆虎加入訓練營，在月湖見到阿燕時，從阿燕的表情可看出，她已完全不在意劉兆虎了，可能那時阿燕心中那根支撐她勇敢活下去的柱子也換人了，或者，那時的阿燕已懂得自我鍛鍊，以自己不斷增強的毅力來支撐自己。

在這章結束前，劉兆虎敘述他與依恩在竹林中的對話，依恩要特別指導他格鬥，文中一段有關格鬥技巧的敘述，可看出作者的豐厚學養，連這種專門知識她也能精確解說。

接下來是依恩的敘述，整章都在說明那場震驚全訓練所的「格鬥」。依恩早已耳聞劉兆虎的隊長因妒忌他的優秀而給他的壓力，更在那日「軟性炸彈」課上見到這隊長對劉兆虎的過分處罰，於是想藉著劉兆虎自己的能力來擊敗他隊長。依恩除在樹林內祕密指導劉兆虎外，並安排一場「格鬥賽」，不著痕跡地將他兩人安排在同一組，最後，劉兆虎憑著他的聰明、勤奮和堅持，贏得了勝利，致使這位隊長無法再輕視他。整章描述細膩而生動，隨著文字的穿透性，一場精彩的「格鬥賽」躍然於紙上。我在閱讀之餘，對作者廣博的知識甚為佩服，她對格鬥的動作、姿態，甚至參賽者情緒之虛實，都能恰如其分地描繪。我更明白，要想小說內容生動逼真，作者不但要吸收各種與內容有關的知識，並還要恰當又精確地加以表達。

久未發言的比利牧師再度發言，這章中他主要敘述他心目中的斯塔拉如何蛻變。這章雖是比利的敘述，但他並非整件事的目睹者。話說訓練所的學員在畢業前須經歷一次實地戰，對象是離月湖將近兩百里處的日軍倉庫，就在預計展開實地戰的那天，大夥談論著即將來唱戲的戲班中有位名角筱豔秋，男人們談到女性往往會牽扯到「性」這敏感話題，年紀最小的學員鼻涕蟲竟出狂語，欲一親筱豔秋芳澤，遂被眾人譏笑從未親近過女性，他惱怒之餘跑到河邊遇到阿燕，竟心生歹念欲非禮阿燕，終被阿燕咬傷而未得逞。比利布道結束返回住處後，發現阿燕神情有異，阿燕向比利請教一句聖經經文後，決定不再接受羞辱，她要勇敢面對外界不斷對她的輕辱，只因她曾受日軍非禮，她是受害者卻要繼續被傷害，她決定勇敢回擊。於是跑到訓練所，不懼哨兵舉槍威脅堅持要見最高長官，最終她當眾說出鼻涕蟲的劣行與自己曾受過的屈辱，就在她說明一切後，這位長官也被她的勇氣所震懾，尤其阿燕要求鼻涕蟲須先完成攻擊日軍的任務後再接受懲罰，這是何等的氣度！將國家的大仇放在個人恩怨之後。

作者在此章開始時先敘述為何要定章名為〈一場從蛹到蝶的蛻變〉，因為阿燕學會了面對曾受過的屈辱，作者藉比利之名寫下這幾句發人深省的話語：「就在那迎頭一撞裡，恥辱突然就丟失了威懾力，斯塔拉完成了從蛹到蝶的蛻變。」我很喜歡這種立意，但說得容易行之難矣！不由得想起，比利曾讚美過阿燕的勇敢，這只是一則實例。

接下這章的標題是抗戰勝利七十週年紀念專輯，這報導源自《美東華文先驅報》，文中的介紹對象是依恩，而報導的撰寫人正是凱瑟琳．姚，由她來敘述她的父親是最恰當的。這章的副標題是〈一個與熱血相關的故事〉，不過在閱讀這故事前，我先愛上了以下敘述。

我特別欣賞以下這段敘述：「人的世界裡需要用語言、微笑、鮮花、美酒、詩歌、哲學甚至金錢才能獲取的東西，狗的世界裡只需要一根舌頭。」這段話是依恩在觀察幽靈與蜜莉兩隻狗兒玩耍後，相互傳送關愛時他的感想。當然這份感想來自作者的觀察力，這明確說明，作者敏銳觀察力加上超強的思辨，可將細微小事也敘述出一番哲理。

這個與熱血相關故事的背景，正是訓練所學員當晚的實地戰，十六位學員與教官，須步行到約二百里外去執行炸毀日軍倉庫的任務，整個行動報告源自依恩以日記方式記下，後來被整理成作戰報告，透過作者細膩的描繪，依恩終於看懂中國人的耐力，他也發現實際行動中有許多訓練不足之處須加強。在長途跋涉兩晝夜後，一行人抵達目的地，實施爆炸行動前，劉兆虎用那隻從村裡屠夫店中偷來的匕首，意外殺死一名違反軍紀偷溜出來吸菸的日軍，他死前以日語呼喚著：「母親！」這是劉兆虎殺的第一人，死者嚥氣前的那聲呼喚令十分他揪心，他想到自己的母親，雖然他也不知母親是否仍活於世。作者以另一種方式表達戰爭的殘酷，十分生動感人。

這行動中有兩員犧牲：一是鼻涕蟲，另一是軍犬幽靈；前者的犧牲是為完成任務，後者則為護主；前者死後首級被日軍割下並懸掛城牆上示眾，後者的身軀則被爆炸的手雷炸成碎片。最後鼻涕蟲的首級被隊長的哥哥以重金買回，而為他縫合身軀與首級的人竟是阿燕。作者再次以特殊方式來詮釋阿燕的愛恨分明，鼻涕蟲的壯烈犧牲，更為他窩囊的短暫生命畫下令人難忘的句點。末了，前來村裡唱戲的戲班名角筱豔秋，得知鼻涕蟲生前想親近她的心願，深夜特別到他靈前致意，這位名角的情義是令人激賞的。至於軍犬幽靈，牠的身軀雖被炸為碎片，但義行永留人們心中。

以上這兩則故事感人至深，我很佩服作者的寫作技巧，阿燕與鼻涕蟲的表現，由前章到這章落差極大，阿燕受辱後勇敢指責鼻涕蟲的劣行並自暴其難堪的遭遇是「大勇」。在這章中，鼻涕蟲為國捐軀的義行，洗刷了他先前的劣跡；而阿燕得知鼻涕蟲的義行後，不計前嫌為他縫合屍體與頭顱，更是難得的義舉。作者如此塑造兩者，令文章讀來更有張力，真是超水準的寫作技巧。至於戲班名角筱豔秋，深夜弔念素昧平生的鼻涕蟲，只為敬佩他的義舉，也是令讀者激賞的情節。總之，本章中人物與忠犬的表現，的確令讀者熱血沸騰。

軍犬幽靈犧牲了，但牠還沒與蜜莉道別，於是作者在下一章中以擬人化的寫法，安排了兩隻犬兒的對話。幽靈首先向蜜莉說抱歉，在牠決定犧牲的半秒鐘完全沒想到蜜莉。但在幽靈對蜜莉傾吐衷情時，牠明確表示牠對蜜莉的感情是真實又全面的，牠也相信自己已完全得到蜜莉的真情。如此的寫作技巧，似乎沖淡了死亡的悲傷。

接著的敘述也值得一提，作者安排從軍犬幽靈角度來詮釋牠主人依恩的情感世界，包括他對女友艾米莉・威爾遜情感得失間的喜與悲，又揭露依恩與溫德間逐漸增溫的情感。我想，透過第三者來談感情事，可能更清楚，中國人常說：「當局者迷。」接著，作者安排蜜莉出場，牠先提到已預知幽靈去世，因事情發生那一刻牠頭痛如針扎，藉此說明狗與狗間的心電感應。作者將擬人化的寫法用得如此出神入化，真是生動。當然，蜜莉也告訴幽靈牠懷孕的消息，幽靈得知自然喜悅，可惜在這章結束前，蜜莉卻因嬰兒過大難產而亡，雖說兩隻狗兒的靈魂在天上可相會，但在人間未能留下愛情結晶，想來是非常感傷的。

透過兩隻狗的對話，月湖發生的更多事情被呈現，如：訓練所的學員畢業了、依恩意外受傷、阿燕首次接生嬰兒等等，這些事件透過狗兒們的敘述，如同在現場架了台廣角攝影機，每個角度都清楚呈現於讀者眼前。但其中我最欣賞的是比利牧師開導阿燕停止怨恨劉兆虎那段，阿燕對她與劉兆虎間的情感糾葛，已如在心中生出一塊腐肉，比利試著用手術刀挖去這些腐肉，使阿燕與劉兆虎間的情感能重新生新芽。我認為比利做到了，因為由日後阿燕對劉兆虎的保護與犧牲可看出。

總之，作者超俗的寫作技巧，配上揮灑自若的表達方式，藉著兩隻狗兒對話所鋪陳出的動人情節，既令我享受到閱讀之樂，也同時體悟到寫作之奧妙。

讀這本書最大的樂趣是，我每讀完一章就覺得是「最棒的」，但當我再讀下一章，又發現是另一種「最棒的」！

接著這章是比利牧師與依恩的敘述——〈道別與永別〉，對比利而言，他離開月湖是一種對生者的道別，也是與世界的永別。在一一道別時，比利隱藏了對他心中「斯塔拉」的求愛表達，只向她說出要返美籌款後回來建醫院與教堂的宏願，我想他原想留到「斯塔拉」十八歲生日那天，向她求婚再說；而另一個使他不便表心意的原因是，比利得知依恩想要與他所愛的「斯塔拉」結婚，當然他對依恩的這份感情是充滿懷疑的。就這樣比利離開了月湖，他的「斯塔拉」沒有出現在送行的行列中，而他對她的愛情也就胎死腹中了。看到這兒我格外傷感，因我總認為比利對他的「斯塔拉」的愛是最誠摯的，尤其與依恩相比。

接下來是依恩敘述他離開月湖前的心情與見聞，果然連他自己都不確定，想要娶他心中可愛「溫德」的念頭，能否通過三十日的考驗。而這個三十日很快被延長為三個月，他只敢確定當時的感覺。此外，因為他的大意，他竟錯過溫德要告訴他自己已懷孕的機會。我想，若他得知溫德懷孕是否就會堅持娶她呢？難說！

作者在依恩道別中還加上些史實，當戰爭結束時的中國是貧窮又落後的，月湖附近與訓練所美軍往來密切的鄉下人，獲得美軍的臨別贈品時的喜悅，確實是當時的普遍現象。當我看到水牛獲得依恩贈送的特大號靴子欣喜若狂，卻又不忍讓石塊傷到靴子，寧可掛在脖子上也不願隨意穿著的情形，真是活生生寫出貧窮者受役於物質的悲哀，對作者這種生動細膩的表達方式我非常欣賞。

牧師比利與依恩就此與月湖道別了，他們也與月湖永別了，再回來時已是魂魄。

久未發言的劉兆虎接著敘述，面對比利與依恩，他知道這兩人急著想知道阿燕後來的遭遇，但劉兆虎認為阿燕後來的故事與他自己戰後的經歷是環環相扣的，所以仍須慢慢說明。

他先說到戰後他完成接受日軍投降的工作後，就在接受短期訓練後到一所警官學校擔任英文教官。他不願返鄉，只怕面對一個難以面對的人——阿燕，雖然因為這決定，他和阿燕的人生都走向另一條路。當然，到後來他才知道，當他糾結於是否該返鄉時，阿燕已回村，正以不同心情焦急地等待著兩封信，只是她的心中完全沒給劉兆虎留空位。

之後的劉兆虎，在警校接到緊急撤退命令後，劉兆虎從隊長口中得知他們將搭船去台灣，隊長想回家看妻子和孩子，卻在跳船後被擊斃，死在海中。劉兆虎熟諳水性終於逃回村子，他想回鄉最主要的原因，是要解釋阿燕對他的誤會。返鄉後他遇到的第一人竟是阿燕的女兒阿美——一個被剃光頭打扮成男孩的女娃。雖然阿燕知道劉兆虎曾登報解除與自己的婚約，但再見到他時阿燕沒有怨恨，依舊協助他躲藏，並告訴女兒要嚴守這祕密。這章中我最欣賞的部分，是作者對「等待」的描繪，再次看到她以具體實物來說明抽象「等待」的漫長。躲在小屋中的劉兆虎，白天醒來就為著等待黑夜的到來，他學著去習慣「等待」，更學會把漫長無邊際的等待切割成一個個小塊。作者如此寫著：「比如從第一隻雞怯生生地啼叫，到第一條狗懶洋洋地接應，從蜘蛛在左邊的床腳吐出第一根絲爬到右邊的床腳，再到牠終給自己結成一張稀疏的網，從阿燕給阿美唸叨『月光光，照四方』的歌謠，到阿美響起細細碎碎的鼾聲，如此等等。」以上的描述，使讀者在閱讀的同時，腦海中呈現出一幅具象——無所事事的人，無盡的等待。

就在無盡等待的同時，劉兆虎做好孤注一擲的準備，幸好！那晚阿燕帶回了好消息：已是共產黨的天下了，劉兆虎這個國民政府時代的逃兵不用再躲了。雖然阿燕宣布這消息時，她正用勃朗寧手槍對著來侵犯她的癩痢頭。這消息釋放了劉兆虎，那場面震懾了癩痢頭，從此不敢再來冒犯。從次日起，劉兆虎走出小屋，實現了他想在村裡小學堂教書的願望。茶季過後，學堂裡也有了女學生，就在他滿心歡喜，預備向阿燕求婚時，他竟被捕，原因竟是月湖訓練營的那本註冊名錄，美軍離開時忘記撕毀的資料，為劉兆虎扣上一頂「美帝國主義訓練的特務，國民黨的殘渣餘孽」的帽子。就在他被戴上鐐銬塞進吉普車帶走的那一刻，他聽見阿美大叫：「阿爸！」我想劉兆虎那一刻的心情是複雜的，他既傷痛於自己被捕，前途吉凶未卜，也欣慰阿美對他的認可，也許就靠著阿美給予他的這絲喜悅，他挨過了往後的勞改歲月。

全書結束前，作者安排比利牧師做了一次短而重要的發言，他向劉兆虎做了一次遲了七十年的道歉。比利認為阿燕一直認為是劉兆虎在訓練所洩漏她被日軍強暴的消息，以致後來出了鼻涕蟲想強暴阿燕那檔事。事實是比利知道謠言是來自他廚子的太太，那個最終因羞愧而辭職的女子。比利後來總想著，若自己早些向阿燕說明這一切，也許會解開她與劉兆虎之間的誤會，也許阿燕就會懷上另一個男人的孩子。這份歉意直到比利在郵輪上臨死前才釋出。

我從這章敘述，再度確認比利的善良，也認為，作者在做這部書的布局時，同時告訴讀者，如果故事情節朝另一方向發展，結局又不同了。如此的寫作技巧，既給讀者留下更寬廣思考的空間，也間接製造多種可能故事情節，是很不錯的構思。

接下來又是劉兆虎的敘述，他先說到自己被判十五年徒刑，服刑地點在鄰省的一座煤礦場，過著不見天日的日子，期間他靠著阿燕每月兩封來信計算日子，六封信是一個季節。最後藉著婚書上「姚兆虎」這名字，以及有人證明他曾因鬧學潮被捕，也曾計畫投奔延安，他被釋放了，那是在他收到阿燕寄來的第一百一十九封信後。

在他返回村中見到的第一人又是阿美，親熱的一聲「阿爸」，融化了他已被壓抑許久的情緒。我認為劉兆虎返回村子和阿燕與阿美同住的短短歲月，是他一生最快樂的日子，兩個他在意的女人陪伴著他，他心滿意足了。在一個下雨天，他無意間發現阿美戴帽子的祕密，也明白誰是他的親生父親。但不久他病了，在得知劉兆虎得的是癌症晚期時，阿燕想盡方法為他做營養食品，直到後來，劉兆虎發現阿燕是以賣血及出賣自己身體來換取營養品，他選擇絕食來阻止阿燕的繼續犧牲。終於，他進入彌留狀況，阿燕打電話叫回已到外地念書的阿美。

劉兆虎死時有兩個遺憾：一是因為入獄，沒能擁有阿美完整的童年；另一是因為練習格鬥時受傷無法生育，這個不幸他沒告訴阿美，其實他是非常想與阿燕有個孩子的。

在這章的末尾，作者透過劉兆虎之口，用幾句話來形容他與阿燕之間的感情：「我為她和阿美掏出了我的心肝肺腑，她也為我掏出了她的心肝肺腑。不，她掏出的遠不止這些，她同時還掏出了鮮血、面皮、褲腰帶。我們之間或許只是同情、體恤、憐惜、仗義，還有危難中的彼此救助和扶持。我不知道這些情感相加之後的結果是不是愛情，但我知道愛情在它面前黯然失色。」由這番話，我確定劉兆虎對阿燕一直心懷愧疚，否則他不會冒著生命危險跳船，只為了回來向阿燕說明他不是謠言散布者。當我看到劉兆虎否認他與阿燕間有愛情時我很悲哀，因一切都不是他倆的錯，一切都該歸咎於那場徹底改寫他倆人生的戰爭。

依恩是三人中最後去世的，他也是最後發言者。他最後談的是「一粒鈕扣的故事」，這粒讓依恩口中的「溫德」視為定情物的鈕扣，也是許多年後凱瑟琳・姚用來尋找生父的憑證，卻輕易地從依恩的記憶中走失了，只因他返美後不久，遇到甫成新寡的前女友，很快結婚，而忘記在中國發生的一切。直到凱瑟琳・姚首次出現，原只為看看那個給她一半基因密碼的是個什麼樣的人，但因依恩害怕被病重的妻子發現，竟將親生女兒匆匆趕走，往後的二十多年，任憑依恩如何尋找仍找不到她，直到二十餘年後，凱瑟琳・姚以某家媒體記者身份再出現，而依恩則在接受完她訪問的第三天去世，以致他的靈魂說，他多活的歲月就是為了等待凱瑟琳・姚的再現。

我讀到此，再次感佩張翎的寫作技巧，其實這類戰後的愛情悲劇多得不勝枚舉，但作者設計的情節極有特色，生動感人令讀者印象深刻。

最後一位發言者，也是首位發言者比利牧師，他與依恩、劉兆虎三人趕著去看中風後的「斯塔拉」、「溫德」、「阿燕」，嚴格地說，這位女主角晚年的物質生活是充裕的，因她有位好女兒、好女婿和好孫子，似乎可彌補一丁點她這一生所受過的悲苦。我讀到此格外感到悲傷，尤其是在心底快速回憶她所受的苦難後。

不過，這章的最後部分是我感到欣慰的，因「她」聽見了化為一陣風來看她的老友們，尤其是活到我這年近七十的歲數，格外重視老友們的情分。

最後這章，對我閱讀全文後的感想有很大影響，那是一封上海《都市新聞線上》的今日頭條，標題是〈一封丟失在世紀塵埃裡的信〉。寄信人是依恩，收信人是溫德，這封信可能是七十年前被當時郵局職員遺落在郵袋外的，字跡雖已模糊，但部分內容仍可辨識。這個遺失行為，改變了許多人的命運，但它的出現，至少證明了依恩曾認真地想過，也做過要與溫德結婚的舉措。我將這則頭條新聞，視為作者用作「點題」的篇章，若這信沒遺失，至少阿燕的後半身不至於勞苦，也就沒有「勞燕」了，只是情節若那樣發展，劉兆虎和其他人的命運又將不同了。

看完此書我非常感動，閱讀張翎的書，欣賞那優美的詞句、精準的用語是不在話下的，而本書的寫作技巧好似給我上了一堂珍貴的寫作課程，我受益匪淺。

說到作者塑造的人物，我最愛阿燕，並非因為我們都是女人，而是因為我敬佩她的勇敢，無論她出現在三個男人中誰人的世界裡，她都是勇敢、智慧又重情義的。很多時候她的勇敢超過她纖弱的身材，她的智慧不亞於飽讀詩書之士，而她所付出的情義沉重得令受惠者無法承擔。

其次我欣賞比利牧師，我一直認為他最愛阿燕，也是對阿燕有具體幫助的善良人，當然作者安排他來保護年幼且身心受創的阿燕，是我最喜歡的布局之一，而他也是最有遠見的，他教導阿燕學醫，給了她謀生技能，也幫她在村中找到立足地，他的善良中還有著大智慧。

至於依恩，他是阿燕生命中很重要的男人，不僅因為他讓阿燕擁有了唯一的孩子，更因為他令阿燕嚐到愛情的滋味，只是他後來的杳無音訊，也確實深深傷害了阿燕。不過全書的最後一章給依恩做了平反，只是看到這平反證據的是讀者而非阿燕。

我認為全書最不幸的人物是劉兆虎，從他出場，唯一的勝利好像只有那場他與隊長的格鬥，短短三十八年間他的命運諸多不順，從少年時赴延安的願望沒能實現，到他未婚妻受辱毀了他倆的婚姻，直到國家政權轉移後他所受的牢獄之災，都是他悲劇人生的寫照。但我認為他只是大時代動盪下的眾多犧牲者之一，只是有些人是丟了性命，而他則是活受罪地過了一生。至於他用阿燕受辱這件事禁錮自己大半生，實在可悲又可嘆，還好他在入獄前想通了這點，雖然為時已晚，但總算是心靈的釋放，死後的魂魄當不至於糾結吧？

　　這是本難得的好書，我愛作者的寫作技巧與故事的鋪陳，更愛她動人心扉的抒情與敘事，閱讀此書後的感動，將於今後的歲月常在我心中浮現。

輯六

人間事

1　再生草

太陽的威力越來越大，嘉莉脫下手套，收妥工具，今日清理院子的工作結束，回屋洗完澡後端杯咖啡，輕鬆坐在起居室的長沙發上欣賞今晨的工作成果。這是嘉莉整日最開心的時刻，散步回來後除完後院的雜草，彷彿去除心頭重負一般，她愉快的一天就此展開。

日子過得真快，她幾乎快忘記二十年前的景況了，但噈下一口咖啡，她甩甩頭，那段刻骨銘心的生活她哪能忘？

來美前的嘉莉在金融機關工作，三十歲出頭就做到小主管，因離婚而成為單親媽媽的她，在工作上十分拚搏，業績相當出色，卻因父親突然去世與情感挫折而喪志，那年她三十八歲。因經常依賴重劑量安眠藥入睡，以致白日昏沉，一日竟犯下大錯，險些令公司蒙受巨大損失，終於被主管降職，事業與情感的雙重打擊，竟將她推入崩潰深淵，嘉莉自殺了，幸虧獲救，公司體諒她曾是菁英主幹，優待她休病假以養精蓄銳。

夜深人靜漫漫長夜最令她傷感，那晚她突然接到大學時代好友喬從美國打來的電話，喬間接得知嘉莉的遭遇很是擔憂，特打越洋電話來慰問，嘉莉很感動，聽喬不停地勸說她都沒回嘴，但當喬說道：「哎！妳只是渴望被愛，想要一個家。」這句話令嘉莉如觸電般地感傷而號啕大哭。不愧是老同學，喬說出嘉莉的心結。

喬和另一位在美國的同學琴，建議嘉莉來美國旅遊散心。趁著放暑假，嘉莉帶著小學畢業的女兒到琴家小住，並認識了吉米——琴先生的同事，一位白人公務員，也是琴口中的謙謙君子。二人認識後彼此都有好感，雙方互知對方背景，拉近了交往的距離。交往後更發現兩人都愛旅遊與閱讀，興趣也相投，自然產生深入交往的意願。女兒假期結束前，嘉莉答應吉米返台後繼續與他通信。半年後他倆結婚，婚後嘉莉與女兒移民美國。

嘉莉與女兒在吉米的細心照顧下很快適應美國生活。在婚姻生活穩定後，嘉莉開始認真思考現實生活。吉米並不富裕，公務員的收入有限，還要負擔前次婚姻子女的贍養費，至今沒有自購屋，這些狀況吉米在婚前都已告知。嘉莉也瞭解自己女兒上大學的費用要及早準備，在學習語言告一段落後她急於工作，沒有美國的學歷與工作經歷，她只能投入勞力市場，到中餐館打工是她的首選。

靠勞力謀生的景況與在台灣的白領階級完全不同，首先是穿著迥異。嘉莉打開衣櫥，台灣帶來的都是高檔套裝，每套衣裙都搭配同色系的高跟鞋，嘉莉身材好再配上超時尚的穿著，以往都是同事與客戶們的聚焦點，那時的她無丈夫可取悅，精心打扮只為讓自己開心。諷刺的是，來到美國後要以黑長褲、白襯衫為工作服，腳上也只能穿著防滑平底鞋。她巡視著派不上用途的摩登衣裝，關上衣櫥也就結束了從前亮麗穿著的時代。

以往在台灣的職場，她以專業能力與精準眼光處理客戶的投資案，憑藉努力與誠懇為她在客戶間樹立良好口碑。如今也是為客人服務，但使用的語言不同，販售的內容更是她陌生的。初次工作的窘狀令她懊惱，但她憑藉職場的豐富經驗，深知立足職場的竅門，她除努力熟悉菜單與工作流程外，更不忘做好人際關係，不僅搶著幹苦力活，還時時將好機會禮讓給同事，並經常向有經驗的同事虛心請教，如此得到老板與同事的照顧，工作也輕鬆愉快，更逐漸受到顧客喜愛。總在深夜拖著疲憊身軀返家，她從不以為苦，只覺活得扎實，為她渴望的「家」，她累得心甘情願。

不久吉米獲得優厚特殊機會提前退休，並謀得一家私人企業主管的好差事，全家因而搬進城居住。女兒也以優異成績獲得全額獎學金進入東岸一流大學，她省了不少學費，也放心買下一幢庭院優雅的平房，一切竟如此圓滿。

此時嘉莉在餐館已工作得非常嫻熟，自幼喜愛烹調的她，對餐廳工作情有獨鍾，就在中餐普受美國社會歡迎的二十一世紀初，嘉莉買下一位退休老板的店；重新裝潢後店裡增加了蒙古烤肉，生意因而火紅，但煩惱也隨之而來，缺幫手是嘉莉揮之不去的惡夢——她從前台忙到後廚，剛笑臉迎來顧客，又得趕到廚房去切、炒、煮、炸，才抹去額頭上的油漬，立刻又幫忙接聽訂外賣的電話。看著打印機中打出的長串訂單，她憂喜參半，火紅的生意卻常因招待不周而引來客人抱怨，她道歉打折後心中也滿是委屈。好在吉米總支持她，不但週末假日來幫忙，在她沮喪時吉米總送上溫暖的擁抱。嘉莉發現她的心理素質越來越堅強，面對每天不確定的挫折，她已能心平氣和地應對。

某晚因打雜工人請假，她獨自推著大垃圾桶出去傾倒時，摔倒在後門外的水泥走道邊，忙著護頭卻不知重創到身體哪個部位。她摔到後爬不起來，躺在冰冷的水泥地上她求救無門，黑漆漆的後馬路停車位已空，鄰居走了，員工也都已下班，她是下班後獨自鎖上前門在後面收拾。「誰會來救我？」她著急得很，只有等吉米來尋她。冰冷的水泥地將她的痛點明確化，她腰部逐漸增強的刺痛感與麻木的左腿令她極憂心，擔心這一跤會使她失去行動能力。「不會！也不行！」她告訴自己要堅強。

不知過了多久，吉米找到嘉莉時，她如受盡委屈的小孩般痛哭失聲，此時腰部的疼痛感加劇，救護車趕到後醫護人員將她固定在硬質擔架上，即便如此，車轉彎的變化也會扯得腰痛加劇。那種刻骨銘心的痛，她永生難忘。檢查結果她這一跤摔扁了一節脊椎骨，要臥床休息，餐館只得暫時休業。幸好她的好友從外州趕來幫忙，這位好友自己曾開過餐館，熟知如何管理餐館。

躺在病床上的嘉莉，想起有種叫做「半枝蓮」的植物，別名為「再生草」，一株很不起眼的植物，卻有著頑強的生命。嘉莉不由得想到自己的身世：失敗的婚姻沒擊垮她，親情的喪失與愛情的挫敗卻重傷了她，她才明白自己內心情感部位毫無根基可言。自幼喪母的她，「渴望被愛」的事實一直被父愛包裹著，父親的突然去世使她痛失保護傘，在情感世界空虛後她生活大亂，但她是幸運的，竟在不惑之年尋到重砌情感基石的機會。來美後，她面對現實，用勞力為她渴望的家打拚，奮鬥的路上有冷眼，有奚落，有挫敗，更有無奈，但她不再喪志，竟變得越挫越勇。當然，這些堅強都是淚水與汗水積累的結果。慢慢地，她的情感世界壯大了，不再是以往那個極易傷感、害怕挫敗的嘉莉了。

出院後嘉莉出售了餐館，徹底退休。她認為自己已活出了自我，靠著毅力，她累積的不僅是財富，更是內心世界的壯大，成熟穩建的心性使她坦然面對生活中的各種逆境，她珍惜這份得之不易的積累。

想到這，嘉莉回頭看著牆角的盆景「再生草」，她也有著再生的潛能，憑著努力，逐漸壯大了這份潛能。

2　情河小舟停泊的港灣

望著那張一身綠色洋裝的舊照，長腿細腰的艾玫將這件金魚尾裙擺裝的迷人處顯露無疑，圓弧有型的柳肩，為上衣的俏麗添上幾分優雅，年輕時的她真是個衣架子，看著看著艾玫陷入沉思。因為自己身材高挑，外型亮麗，選對象的條件除要求心靈契合外，更希望兩人在外型上能相配，如此一再蹉跎，年近四十她仍獨身。

艾玫是上海人，九零年代初期隨著留學風潮她到了日本，很快就適應了異鄉生活，面對打工與唸書兩件大事，她的日子乏善可陳，直到遇上了吳峰——高帥又風趣的學長。應該是一見鍾情吧！那天她去旁聽一門課，以決定明年是否要選修？剛好坐在吳峰旁，但整堂課她都被吳峰英俊的側面吸引，連下課都沒注意。數日後她和同學由圖書館出來，同學的男友等在門口邀她們一起去吃飯，旁邊站著的還有吳峰，他見到艾玫後深深一鞠躬後說道：「很高興認識妳。」艾玫事後才知道原來自那日一同上課後，吳峰就開始打聽她了。艾玫仔細打量吳峰兩道濃眉下英氣十足的雙眼，笑起來如仰月型的唇嘴很討人喜歡，靦腆地說了聲：「你好！」兩人就算認識了，不久；吳峰主動接近艾玫，她就很快被征服了，異國生活因而多彩多姿。

吳峰來自瀋陽，家中還有二位長姐一位幼妹，他是獨子，大家視他為至寶，他也就集家族寵愛於一身。自小就生得俊秀嘴又甜的吳峰，學習成績也優異，成長歷程非常順利，與艾玫的孤單成長境遇截然不同。兩人交往不久，艾玫就發現吳峰個性較自私，也不懂得照顧女孩，總將艾玫對他的照顧視為理所當然，在享受服務後，最多對艾玫說聲：「親愛的！我好愛妳！」然後送上一個飛吻或深情擁抱，艾玫看著他微微揚起的眉梢與滿臉笑容，一切的委屈都被融化了，對於吳峰從不在意花艾玫的錢，她有時的確感到不滿，但總一次次地原諒他了。也許就是這份不計較，促成吳峰對艾玫的不珍惜。

辛苦數年得到的學位並未助他們獲得高薪職位，「不如他去！」這是男友吳峰的建議，不到一年，艾玫隨著吳峰到了紐約。吳峰要繼續深造，專心唸書，賺取生活費的擔子就落在艾玫肩上，為了保住身份，艾玫只能在社區大學的夜間部修足夠的學分，白天在日本貿易公司工作，薪水不高，但看在可幫忙辦綠卡的份上就忍了。艾玫決定週末再去中餐廳打份工，日子勉強能過，艾玫個性善良又開朗，她擔心吳峰不肯接受她的經濟援助，總說：「這些錢你放心用，以後再還我就是了。」直到後來她才知道一切都是她的一廂情願。她無憂無慮地上下班，卻在那個週日晚間自餐館回家時，她的世界變了，吳峰已整理好行李等著她，他看也沒看她只冷冷地說著：「這是鑰匙，我要走了，去和一位有身份的女孩結婚。」房門被重重地關上，艾玫沒哭也沒鬧，她知道沒用，一切都是她自願的，怨不了別人。

艾玫從小就知道，哭鬧喊叫是沒用的，要走的還是會走，就像她的母親，頭也不回的離開了她，那年她剛滿五歲。後來父親再娶，繼母對她不冷不熱，父親對她不聞不問，她也就長大了。但無論如何吳峰的背叛確實傷了她，幸好公司在西岸的分行缺人手，辦好休學她飛奔而去。到一個新地方真好，屋裡屋外沒有吳峰的影子，她的日子好過多了。晚間依舊去上課，週末仍在中餐館找份兼職的活，一個人的花費明顯減少，但艾玫喜歡生活中多些朋友，她總告訴自己：「一切都會越來越好。」不久發生了911事件，她辦綠卡的時間就更慢了，尤其她遞件地區是等候移民人數眾多的紐約。

餐廳裡有位負責收銀及帶位的張阿姨，和艾玫很投緣，艾玫就稱她琴姨，琴姨來自台灣，七、八年前丈夫病故，今年初剛嫁了位喪偶多年的猶太商人，兩人都有自己的孩子要扶養，琴姨出來工作是為自己的兒子賺大學學費。她很喜歡和艾玫聊天，週末上班總為她帶一盒新鮮水果，放進冰箱後對艾玫說：「美女！別忘記吃妳的美容聖品。」

這家餐廳的老板來自台灣，剛從紐約來此開店時這區生意少得可憐，忍了三、四年他趕上這城市的發展，生意紅火後對待員工的態度丕變，店員們紛紛求去。琴姨先離開，考了張餐廳經理證書，成為一家快餐店的經理，不久艾玫也換了家店工作。

琴姨的老板娘趙太太很能幹，丈夫是某知名食品公司的高管，二兒一女已事業有成。趙太太在中學時代隨父母從台灣移民來此，算是本地中國城中的老華僑，大學畢業後嫁人的對象除年紀較長外一切都不錯，婚後忙著相夫教子一直沒外出工作，孩子大了她也與職場脫節，趕著中餐漸受歡迎的風潮她開了家中餐廳，說是孩子大了她無聊找點事做，但她總是請人管理，生意清淡時她貼張廣告開烹飪班，教美國太太們炸春捲，做蔥油餅，雖然噱頭十足倒也招攬不少生意。琴姨負責趙太太剛開的新店，這新社區的生意幾乎天天爆滿，趙太太算盤打得精，店裡除琴姨和廚房師傅是長工外，其他幫手都是鐘點工學生。最近放暑假兩個學生突然請假去玩，琴姨急需幫手，找到暑假不用上課的艾玫來幫忙，順便聚聚聊聊，誰知生意忙得差不多時，趙太太進來大聲說道：「缺人手啊！我來幫忙，」她看到生面孔艾玫，熱情地說：「謝謝妳來幫忙！」說完問了一下生意情形，到廚房拿了包蝦就走了。

次日中午，趙太太來收錢，請師傅炒了兩個菜後她叫琴姨坐下來一起吃，沒一會她就說道：「妳那個朋友多大年紀？結婚沒？」琴姨說：「她眼光高，至今還單著呢！」趙太太說：「妳記得我們這個房東老喬吧！他前天來電話說，下個月起，管理費和水電合約到期要重簽。」琴姨這才知道趙太太當初貪便宜，房租和水電及管理費分開簽，看起來省了些錢，但這地段生意日漸紅火，給了房東調漲水電及管理費的機會。趙太太吃完最後一塊芝麻雞後說：「我早說過要給老喬介紹女朋友，那天見到妳的朋友艾玫，我覺得挺好的。」艾玫對趙太太的提議有點意外，她記得老喬，前幾天還來過店裡，滿臉喜氣地對琴姨說：「嗨！琴！隔壁店面終於租出去了，我剛簽完約，妳的新鄰居是美髮店。」老喬的父親來自義大利西西里島，在老城區開了家義大利餐廳，那是富人區，生意一直很好，老老喬過世後老喬接下生意，他頭腦靈光，增加賣酒後生意更好，可惜太太和他個性不合，兩人吵累了就以離婚收場。趙太太的第一家店就開在他斜對面，兩人算是老朋友，老喬當初鼓著趙太太租他的新店面，如今變相漲租一點也不手軟。琴姨想到老喬是位成功的生意人，外型還算英挺，雖然略有些中年發福，但大老板的派頭十足，還配得上艾玫，想了一會琴姨對趙太太說：「好啊！我來問問她。」琴姨明白，趙太太正準備在東區開新店，手頭緊，處處都在算計。

週一是琴姨的休息日，一大早趕在艾玫上班前琴姨給她打電話，電話那頭艾玫邊吃東西邊說話：「妳早啊！有急事嗎？又要找我去加班啊！」琴姨說：「大美女！妳又在吃美容黃瓜了，不是找妳加班，是要給妳介紹男朋友，」電話那頭停了半晌才傳出艾玫的招牌笑聲：「哈！哈！哈！發生什麼事啦？」琴姨把趙太太的請託告訴艾玫，並大致向艾玫介紹老喬，艾玫聽後說道：「替我謝謝你們老板娘，我考慮一下再回答妳好嗎？」琴姨說道：「要考慮幾天啊？我要向老板娘回話。」「三天吧！」艾玫想了會兒說道。第四天一大早，琴姨迫不及待的打電話給艾玫，艾玫依舊先用笑聲問候琴姨，接著說：「好啊！就見個面吧！」琴姨上班後急忙打電話告訴趙太太，中午她來收帳時說：「告訴艾玫，老喬下週一晚上請她吃法國餐，我倆做陪。」琴姨很意外，如此大方有點不像老喬風格。到了約定日老喬先到，琴姨和趙太太前後腳進餐廳，只見老喬穿了件粉紅襯衫配條大紅色領帶，桌上放了一束玫瑰花，看來老喬很在意這次見面。不久艾玫到了，特別梳理過的短髮看得出她也很重視這個約會，她穿了件大紅色印著黑花的裙裝，這黑花朵還帶著細枝，看上去已很搶眼，再加上腰間那條黑色寬腰帶，使她原本玲瓏的身材更迷人，老喬見到美女，急忙站起來為艾玫拉開座椅，一場愉快的晚餐開始了，席間老喬很殷勤地招呼艾玫用餐，看得出他對艾玫印象很好。從次日起，趙太太到店裡來收帳時總不忘打聽老喬與艾玫的進展，可惜琴姨一日三問也問不出些什麼，艾玫總是說：「還好啦！」「我們有通電話。」直到暑假結束，艾玫那兒都沒特別消息，琴姨覺得這樣也好，當初吳峰把艾玫傷得太深，再談感情時慎重些是對的。趙太太失去了耐心，她的美人計失敗了，老喬和她新簽約的管理與水電費都漲了，而且明年再簽約時的漲幅，將依照她的生意量而定，如此也好，趙太太不來煩琴姨了。

那晚結完帳剛回到家，琴姨接到艾玫的電話：「琴姨！妳好！可以聊聊嗎？」琴姨覺得艾玫總是那麼懂事，連忙說：「沒事，我剛下班了，妳還好嗎？」艾玫那端的聲音很愉悅：「開學了！功課忙，我週末就不去餐廳了」琴姨應了一聲，但腦中想的是另一回事，於是問道：「功課那麼忙啊！」電話那端傳出艾玫的解釋：「也不是啦！我白天上班，晚上上課，沒時間和老喬見面，所以就……。」琴姨聽後立即說：「太好了！當然是婚姻大事重要。」琴姨覺得艾玫告訴她自己這樣的決定，也有徵詢她意見的做用，這時她一面聽艾玫說話，腦中快速地將她所認識的老喬再回想一番。老喬每個月都會來店裡幾次，和她話家常也聊些他對租戶的要求，他是位精明的商人，也是位認真的房東，目前他沒請人管裡這些店面，是因為店面還沒完全租滿。聽艾玫的意思是準備和老喬認真交往，她不免好奇的問道：「你倆處得怎樣啦！」艾玫說：「和老喬相處挺開心的，他很會安排約會。」琴姨聽後有點懵，若老喬真是如此有情趣的人，他前妻為何要與他離婚呢？此後好一陣子，艾玫常算準琴姨下班時間和她通電話聊天，她愉快地告訴琴姨：「上週日晚上我陪他上班，他請我喝紅酒配Cheese，並告訴我他老家西西里島的風俗，他好風趣。」這週四晚又來電話說：「老喬說下週日晚上要請我去看歌劇，我好期待。」當然偶而也會聽艾玫說：「老喬這幾天心情不好，生意掉了，他每晚都要丟掉許多麵包。」琴姨發現艾玫的心情已開始隨著老喬的憂喜而起伏，她有些擔心，但她再也沒主動和趙太太談艾玫與老喬的事，因她知如今趙太太已不關心此事了。

艾玫知道琴姨週一休假，前兩日就打電話來約她，週一下午請琴姨喝咖啡，艾玫特別請了半天假要和琴姨見面，一定有大事要談，琴姨買好一週的菜，做完家務匆匆趕去赴約。數月未見的艾玫看起來更是神采奕奕，送給琴姨一盒檀香皂，說這香味最適合琴姨，琴姨開心地道謝，隨即問道：「妳和老喬還好吧！」這時他倆已認識三個多月了，艾玫說：「還好！只是他最近有點⋯⋯。」艾玫沒說但琴姨已猜到了，她用小匙攪動著杯中的咖啡，抬眼看著艾玫，笑著問：「妳是怎麼想的？」艾玫傻笑兩聲後說：「我不知道啊！所以才來問妳。」琴姨看出艾玫對她的依賴，心情有些沉重，想了一會兒她說道：「大家都是成年人，相處久了難免會遇到這問題，妳自己要想清楚。」艾玫咬著唇，想了想說道：「我當然是想結婚的，但才認識幾個月就要談婚嫁，也實在不可能，但不結婚就在一起，我也不想啊！」接下來兩人沒有新話題，一直圍繞著這問題打轉。琴姨和艾玫邊聊邊想著自己和凱文交往時的情境，他二人也是經朋友介紹認識的，因二人都有孩子，認識不久以後偶爾帶著孩子一起到餐廳用餐，兩人獨處時也都較理智，尤其凱文的個性不像老喬那般浪漫，不過人到中年以後的交往，比較有明確目標，不到一年兩人就結婚了，沒遇到艾玫這種問題。時間過得很快，艾玫還要去上課，兩人分手前，琴姨頻頻叮嚀艾玫：「別犯傻！小心再吃虧。」艾玫怯生生地說：「知道了！」琴姨聽她的語氣理不直氣也不壯，心中暗叫不妙！

雖然說艾玫已成年，介紹人對後續發展沒責任，但琴姨很疼艾玫，不希望她受傷害，因這種事總是女方吃虧，老喬雖是正經商人，但浪漫追求下的艾玫能保有矜持嗎？琴姨開始後悔介入此事，尤其最近艾玫的電話明顯減少，更令琴姨擔心，連打了兩次電話都是無人接聽，琴姨不安極了！巧的是最近老喬也不來了，不對！老喬好像故意選在週一琴姨的休息日來，琴姨直覺有事發生。

整整兩週琴姨沒接到艾玫的電話也連絡不上她，正在發愁，終於接到艾玫來電，琴姨心喜至極。艾玫先道歉說：「琴姨；抱歉！我去了趟紐約，為公司的事，也為我的身份問題，公司不太願意調升我的薪資以配合辦身份，我現在煩著呢！在想其他的方法。」琴姨聽她說明後安慰著說：「別急！總會有辦法的。」放下電話後琴姨自言自語地說道：「若能和老喬結婚就好了，什麼問題都解決了。」但她似乎已感覺到老喬並不想結婚，只想找個伴，如果真是這樣她該勸勸艾玫。

又是週一琴姨的休息日，秋雨綿綿她正好想多睡一會，卻接到艾玫的來電，肯定是琴姨懶洋洋的嗓音洩的密，艾玫在電話中說道：「阿姨啊！抱歉！吵醒妳了。」一聽是艾玫的聲音，琴姨睡意全消，立刻回答：「早醒了，懶床罷了！妳還沒去上班？」艾玫回說：「還有一會，想和妳聊聊。」琴姨立即答應了，但半晌卻沒聽到艾玫的聲音，終於艾玫說話了：「阿姨！我同儂妳講，我昨晚和老喬好了。」琴姨覺得艾玫是拿自己當親人了，連家鄉話也出口了，說不出是喜是憂？她盡量讓自己平靜回答：「妳想清楚就好。」不知艾玫是否聽懂琴姨這句話的意思？她自顧自地說著！：「老喬知我心情不好，昨晚他接我到他家吃飯，喝了點酒後我就沒拒絕他。」琴姨聽後心中有點怒也有點怨，她覺得老喬是在趁人之危，更替艾玫擔心了。

年底到了，琴姨的工作量越來越重，主要是趙太太總從她這裡調人手去支援新店，她心生厭倦就辭職了，還沒來得及告訴艾玫，卻接到她的來電，電話那端傳來她沮喪的聲音：「姨！我和老喬分了。」琴姨馬上決定去看她，兩人約好中午在艾玫辦公室附近的一家咖啡館見面。艾玫中午的用餐時間只有四十分鐘，兩人見面後艾玫只點了杯黑咖啡，她說沒食慾，琴姨仍哄著她喝了半碗濃湯，看到清瘦的艾玫，琴姨心疼又自責，一直對艾玫說抱歉！艾玫緊握著琴姨的手說：「阿姨！一切都是我自己的決定，妳千萬別說抱歉。」隨後說：「這幾天我一直在回想，老喬沒騙我，他從沒說過要和我結婚，都是我一廂情願。」深吸一口氣後艾玫說道：「從紐約回來，我辦身份受挫，心情不好更依賴老喬的呵護，所以沒把持住，怨不得別人。」聊了一會，艾玫心情開朗些後，就急著與琴姨道別趕去上班。

感恩節到了，琴姨邀請艾玫來家過節，艾玫說要到加拿大看堂姐，她堂姐移民到加拿大後一直請她去玩，琴姨覺得艾玫去散散心是好事。琴姨的兒子和凱文的女兒都快放假回家了，她索性暫時不找工作，將屋子好好打掃一番。忙完了也忙累了，想著艾玫就要去加拿大休假，剛快打電話約她出來聊聊。

約好次日中午去喝茶，艾玫已開始休假正忙著收拾行李，在茶香中兩人開始了一場對話，艾玫說：「姨！我想通了，我對老喬的感情不是純粹的愛情，還有戀父情節，他比我大十多歲，對我呵護備至，那種感覺不同於吳峰和我，那時我一味地照顧吳峰，他卻很少疼惜我。」艾玫見琴姨專心在聽，就繼續說：「在與老喬交往期間，我竟夢到父親，夢到他和顏悅色地看著我，那是我一直渴望他對我的態度，我想；因為老喬對我的呵護，在淺意識中我的那份遺憾被彌補了，但在現實環境中這份感情加上了

『慾』就變味了，所以我和老喬的感情並沒太多交集。」艾玫喝了口茶，低頭不語，琴姨見狀拍拍她的肩，嘆了口氣說：「妳覺得老喬對妳付出過感情嗎？」艾玫聳聳肩說道：「我想多少有點吧！畢竟兩人也相識了半年多，我想他只想把我當作可以享受親密關係的伴侶，所以他對我有戒心，尤其在他發現；我是在辦身份受阻後才和他發生進一步關係的，他擔心我的動機不純，其實我只是情緒低潮的自然反應，我真的沒想那麼多。」艾玫看著琴姨，嘴角露出一絲苦笑平靜地說：「當我意識到他對我有這層誤會而疏遠我，我覺得冤枉，也主動離開了他，我不喜歡那種被誤會的感覺。」聽完艾玫的解釋，琴姨放心多了，她也就安心的讓艾玫回家。自加拿大回來後不久；艾玫告訴琴姨，公司要求艾玫去上一門進修課，得到證書後可多負擔一份工作，自然能晉級加薪，身份也就能繼續辦下去，艾玫很開心，既可解決身份問題，又可因用心修課而治療情傷，真是一舉兩得，最高興的還是琴姨，她心中的一塊石頭可放下了。

艾玫的工作和課業都忙，琴姨換了間日本料理店工作，生活依然忙碌，她與艾玫已半年沒見面了，偶爾只通通電話，那夜；琴姨接到艾玫的電話：「姨！移民局通知我去按指紋，我快有綠卡了。」琴姨想想；這年代某些人也挺悲哀的，打拚的結果磨碎了當年的抱負、美夢，但面對現實的努力奮鬥仍是值得鼓勵的，就像艾玫；她這些年除生活上的磨鍊外還受到情感上的煎熬，真難為她了。

琴姨的日子更加忙碌了，她兒子還有一年大學畢業，暑假實習時認識了一位女友，總會在琴姨的休息日帶回家吃飯，還好凱文女兒畢業後已找到工作搬出去了，琴姨還不算太忙，只是偶而會想到艾玫。這天接到艾玫來電要請她吃飯，慶祝拿到綠卡。琴姨和艾玫見面才知道那天也是艾玫的生日，琴姨很抱歉沒帶禮物，艾玫說：「年紀越來越老，平安活著就好。」琴姨感到一陣說不出的心酸，是怎樣的磨難讓眼前的女孩如此悲傷，只見艾玫拉著她的手說：「姨！我要搬家了，公司調我回紐約。」說完拉起琴姨的手親了一下說：「我會想妳的。」兩人相約二週後再聚，琴姨送給艾玫一個玉鐲，親自套在她手上，並說：「艾玫！妳要常想著我。」算算她兩已認識十年了。

琴姨的兒子畢業後找到一份不錯的工作，公司還支助他讀研究所，他也就不急著結婚，琴姨的負擔減輕了，換了份兼職的工作，準備存點錢和凱文去旅遊，凱文的女兒也出嫁了，家裡剩他們夫妻倆，琴姨常想；她和凱文雖非少年夫妻，但卻是老來伴，相互有個照應也是很珍貴的情誼。這使她不免又想起艾玫，四十出頭的人，還單著。想著想著，沒幾天竟接到艾玫的電話，許久沒聽到艾玫如此歡愉的語調，琴姨猜到有好消息，果然！爽朗的招牌笑聲後，艾玫開心地說：「姨！我終於要結婚了。」琴姨這邊的恭喜聲還沒說完，艾玫就迫不及待地說：「妳知道嗎？我在紐約買房子了，就這樣認識了湯姆，他很有耐心，陪我看了三個多月的房子，還幫我省了不少錢，就這樣我們就開始約會了。」琴姨連聲祝福，艾玫說他們不會宴客，但會找機會四處拜訪朋友。

大約半年後，琴姨接到艾玫的電話，她下週和新婚夫婿來看琴姨，琴姨很高興，預訂了餐廳也準備了好禮，已知艾玫先生是德裔美國人，琴姨特請凱文同去，席間兩位男士聊得開心，琴姨和艾玫就把握機會以母語暢談，艾玫首先說：「姨！我先生的外貌很讓妳意外吧？」琴姨拍拍艾玫的手笑著說：「對妳好最重要。」艾玫以前總對琴姨說：「我找對象啊！長像排第一，不夠帥也要夠派頭。」而眼前這位先生，個子雖高但體型偏瘦，兩頰凹陷，頭髮已略顯禿脫，唯一令人耳目一新的是他的聲音，悅耳又有磁性，琴姨猜想艾玫肯定是常與他通電話而產生好感的，但艾玫卻是這樣說的：「姨！妳相信嗎？湯姆五十多歲了，以前沒結過婚。」琴姨瞪大眼睛說：「真的！」艾玫見兩位先生聊得投機，就接著說：「湯姆答應他母親，要照顧那位殘障的哥哥，所以一直沒結婚，只為專心照顧兄長，一年多前兄長過世，不久他遇到我，就這樣我們認識、交往，終於結婚了。」琴姨聽後邊搖頭邊說：「真是太難得了，大好人啊！」艾玫說：「是啊！其實年輕時湯姆也遇過知心女友，但都不能接受他照顧殘障哥哥的事實而分手。湯姆很聰明，靠著幫大公司寫程式和父母當年為哥哥買的保險，日子過得很平穩，有時他需外出，也定會顧保姆來照顧哥哥。我了解他的困難，從來都是我跑過來見他，看他整理小花園，與他一起作飯，陪他餵哥哥吃飯，他很有內涵，與他相處實在有趣。」琴姨聽了很開心也放心，她想；艾玫這次總算遇到一位懂她又珍惜她的人了。

艾玫繼續開心地說著：「我是慢慢發現他的優點，他陪我看房子，處處為我著想，完全不像生意人，有一次他甚至放棄高額佣金來提醒我別衝動付訂金，我很感動，慢慢發現他內在的優點。」艾玫轉頭看看湯姆，接著說：「湯姆很愛閱讀和園藝，我第一次去他家就愛上了他細心照顧的小花園，他的手也很巧，我搬家後許多活都是他做的，妳知道嗎？當我發現他的內涵後，我覺得以人的外貌來定好惡實在很不智，我以前活該受苦。」琴姨看著艾玫的笑臉洋溢著幸福，真替她高興。

結束歡聚，琴姨回到家時已是深夜，可是她無法入睡，腦海中全是艾玫的身影，好天真的女孩，努力找尋她渴望的愛——用她的標準，最後她尋到的真愛，卻是與她所訂的標準完全不同。

3　夕陽下的背影

佩芬很喜歡搭這班飛機返台，深夜由美國起飛，清晨到達台灣，在寂靜的夜空中跨越太平洋上空，再越過國際換日線後迎來甦醒中慢慢升起的晨曦，好美！故鄉的日出。

因為在飛機上睡夠了，雖經過長途飛行，佩芬並沒有時差，在酒店吃過早餐，她向櫃台小姐要了份搭捷運的資料，已大致清楚該如何搭車。大步走在台北街頭，她提醒自己要保持體力，這些日子她出門是無車可開的。順利找到布莊，許多年沒見的阿鶯高興地出來歡迎她。認識阿鶯時她還在老店，後來兩岸往來頻繁，杭州織錦緞進口方便了，她的東家擴大營業，就將她調到新店來當經理。在台灣時佩芬一直愛穿旗袍，冬季更愛穿織錦緞棉襖及棉背心，即使買其他布料，也習慣聽阿鶯的介紹。

「終於把妳盼來啦！妳精神真好，搭飛機不累嗎？」阿鶯拉著佩芬的手，請她在接待貴賓的沙發上坐下。「不累！」佩芬接下阿鶯遞過來的熱茶，不經意地看著阿鶯，她細白的皮膚上絲毫沒有歲月留下的痕跡，臉上的笑容依舊親切，已升格做阿嬤了還是充滿幹勁。

寒暄片刻後，阿鶯請店員搬來準備好的布料，都是紅色系的織錦緞，圖案也以牡丹為主。阿鶯在旁做介紹說著：「妳看！都是依照妳的要求，全都以牡丹圖案為主。」佩芬的視線停在一塊橙紅色布料上，這塊布料以菱形圖案打底，看來格外亮麗，一朵朵嬌豔的牡丹花以不同姿態綻放，黃金花蕊襯托下的牡丹顯得甚是貴氣。佩芬說道：「就要這塊吧！」阿鶯說：「要多帶些去做鞋嗎？」佩芬想了想說：「不用了！」相對於進店時的熱絡，此刻的佩芬像是走神了，付錢後匆匆離去的佩芬顯得有些心事重重。她甚至忘記來前的計畫，沒去吃牛肉麵，也沒去逛書店就回酒店了。進房後佩芬斜靠在枕上，打開剛買回的織錦緞布料，那朵朵牡丹在她眼前跳躍，往事也湧上心頭——她以為她克服了心魔，其實還沒有。

大學畢業後的佩芬，在南部一所中學擔任美術老師，因個性內向不善交友，年過三十才經人介紹與一位飛行軍官結婚，一年多後佩芬懷孕了。她的先生祖籍河南洛陽，因老奶奶喜歡，老家院中種了許多牡丹，先生也因此特別喜歡這富貴花，每次見到佩芬畫牡丹，他總低聲讚美：「真美！」佩芬本就愛畫牡丹，她選擇以畫國畫來做胎教，特別要畫牡丹，她認為一筆筆勾勒可修養心性，適合胎教。她也認為，牡丹花瓣色彩的濃淡間，彷彿象徵著人生境遇的高潮與低谷，而亮麗的花心就像人生最精彩的部分，她希望孩子將來活得多姿多彩。那天她正在專心作畫時，卻傳來先生飛機失事殉職的消息，那一朵朵嬌豔的牡丹，頃刻在她眼前化為模糊的血塊，她一聲慘叫後暈了過去，醒來時她已躺在醫院裡。此後她夜夜不能安眠，一閉眼就見到大紅血塊。當時正懷著兩個多月身孕的佩芬，承受不住如此的折磨終於流產了。出院後佩芬再也不碰彩色畫，尤其不願畫牡丹；又因自己失去丈夫和未出世的孩子，她將自己視為不祥之人，不願與人來往，幸好寡居的母親搬來陪她。

想到這兒，佩芬覺得臉頰有些癢，一摸，流淚了，索性倒下頭結實地哭吧！一串電話鈴聲驚醒了迷糊睡著的佩芬。「姐！我在樓下。」她忘記已約了妹妹佩玲共進晚餐，沒吃中餐的她現在還真有些餓了。起身換好衣服，看著鏡中的自己，還好眼睛沒腫。

她們選了家江浙館子，點好菜後，佩玲直接說：「妳真的決定還要再結婚？」佩芬被這「還」字給嚇住了，一時答不出話來，但心裡在想：「可不是嗎？已結過兩次婚了。」佩玲見姐姐不說話，婉轉地說道：「妳的事我無法替妳決定，只想提醒妳，感情這東西，能讓人開心也能傷人心。」佩芬默默地點點頭，其實她心中也充滿猶豫。

這晚佩芬徹底失眠了，也許中午那陣午睡打亂了她本沒有的時差，也或許是妹妹的話點醒了她，有些事她須好好想想。她想起張成華老師，二年前在返台飛機上意外重逢的老同事，因為幫忙放置佩芬的隨身行李，兩位十多年未見面的老同事在飛機上愉快地交談，使這趟長途飛行不再無聊。相談後得知張老師喪偶多年，女兒早已為他申請移民，他來美後一直與佩芬住同一小城，而與佩芬重逢時正是她新寡半年後。「此時的相逢難道不是某種情事上的巧合嗎？」自與張老師重逢兩人開始交往後，佩芬總如此想。只是隨著兩人越來越密切的交往，她心中總有一抹陰影，她依舊認為自己是不祥之人，她已送走兩任丈夫，雖然母親在世時常勸她：「夫妻中總有一人先走，哪有什麼不祥之說。」彼得過世後，這可怕念頭又困擾著她，妹妹佩玲總在越洋電話中勸她：「妳和彼得也有十多年的夫妻情分，兩人感情又好，他病中妳也盡心照顧，現在他已病故，妳要好好保重，別被奇怪的念頭困擾。」

迷迷糊糊睡著了，起床後佩芬的思緒竟仍停留在她和張老師的情感問題上。自與張老師在返台飛機上重逢後，他二人一直保持聯絡。佩芬記得張老師教英文，她曾經有幾次教過張老師擔任導師的班級，所以二人還算熟悉。兩人自返台後每日都會通電話，也常相約去吃飯和購物，對佩芬而言，她的日子不再空虛，也少了許多莫名的不安。彼得剛過世那陣子，她覺得自己的天要塌了，好在外甥志剛正好來美進修，還帶他新婚的妻子同行，頓失伴侶的佩芬彷彿在漂浮的異鄉找到浮木，邀他們來同住做伴。但三個月後外甥夫婦返台，佩芬獨自生活的恐懼心態再現：家中雖裝設防盜系統，她仍擔心夜晚會有人入室行竊；她更擔心自己會突發心臟病死在家中無人知曉，擔心這兒，害怕那兒！她的生活品質糟透了，於是想到搬回台灣養老，才會有那趟返台買房子的旅程，誰知在飛機上遇到張老師！如今兩人相識已有一年半，他們既是老同事，彼此的過去都很瞭解，後來又相談甚歡，老年人的戀愛與年輕人不同，少了激情卻滿是真心的關懷。張老師為人沉穩持重，又有著難得的樂天心性，正好彌補佩芬的多愁善感，更給予佩芬十足的安全感。前陣子兩人談到結婚，佩芬也打消了返台養老的計畫，張老師計畫買個小公寓後搬出女兒家，和佩芬共築老年愛巢。那天他倆一起吃中飯，開心的佩芬對張老師說：「我想回台灣去做件旗袍，一件紅色織錦緞有牡丹圖樣的旗袍，我好愛牡丹，希望我的婚禮能有牡丹參與。」張老師緊握著佩芬的手，深情地望著她，這對銀髮戀人對未來生活充滿憧憬。於是佩芬訂好機票的同時，也和綢緞莊的阿鶯聯絡好拜訪日期。

就在佩芬陶醉於再婚的甜蜜中時，她打越洋電話給妹妹佩玲，告訴她即將要返台做嫁衣的消息，沒想到妹妹沉默一會兒後說道：「妳真的想好了？我不是潑妳冷水，只想提醒妳，感情有時是把雙面刃，想要享受獲得時的歡愉，就要做好承受失去時椎心之痛的心理準備。」佩芬沒料到妹妹會如此說，沒多辯解，只約好兩人見面的日期。其實妹妹會如此勸姐姐是有原因的，佩玲和母親曾親眼見到佩芬首次喪夫時的悲痛，她病了將近一年。幸好佩玲自幼身體比姐姐強壯，個性也開朗，當姐姐病倒時，她幫著媽媽緊緊地陪伴著姐姐，當時正準備結婚的佩玲也因此延後婚期。多年後彼得去世，佩芬隻身在異鄉，很讓妹妹佩玲擔憂，幸好遇上志剛夫婦在美可照顧。如今佩芬已六十歲了，需要人照顧是事實，但她與張老師都已步入老年，佩玲擔心姐姐能否再承受一次喪偶的悲痛。最近佩玲一直在想：「姐姐為何一定要結婚？有個知心男友愉快地交往著還不夠嗎？」

佩芬回過神後做了個決定：她要提前返美。原本是回來做嫁衣的，現在突然覺得這婚是否要結，她還沒想好，於是和航空公司聯絡改票。拿到當晚返美的機票後她就退了酒店，起身收拾行李。以往每次返美那天，佩芬都會在中午退房，然後將行李寄放在櫃台後就去採買，買鳳梨酥、茶葉和話梅等伴手禮回美後分送鄰居和朋友，這次她全沒心情。退房後佩芬給妹妹打電話：「佩玲！我決定今晚回美國，謝謝妳的提醒，其實這幾天我自己心中也有許多不確定。」佩玲在電話那端說道：「姐！妳也別太壓抑自己，考慮清楚了，若想回台灣養老，我可飛到美國幫妳搬家。」放下電話後佩芬想到，此行她本來還要為張老師買條領帶作為結婚禮物，就像她前兩次的婚姻一樣，現在她也沒心情了。事實上當佩芬在綢緞莊看布料時，見到牡丹圖樣後的異樣感覺，她就已察覺自己對再婚仍有猶豫，表面上看她渴望再婚，期待與心儀之人共度餘生，但她內心深處是有憂慮的，她害怕再次喪偶。過去那兩刀太深了，她雖將傷疤蓋得很深，卻仍能感覺到它們的存在。當她想沉醉於即將再婚的喜悅時，那兩道傷疤就如凜冽寒風，呼呼地刮向她的心尖，疼極了！所以那日阿鶯問佩芬是否要多買做鞋子的織錦緞時，她說：「不需要！」因為織錦緞上的朵朵牡丹令她想起往事，當時那種椎心之痛幾乎使她喪命。而與彼得的再婚是在初次喪夫的十餘年後，那時她的心情已平靜多了；而如今彼得去世不到兩年，她對彼得還有著思念。

這真是趟沉重的飛行！如往常一樣她早早到達機場，但她沒去吃牛肉麵。以往她總以吃碗牛肉麵向台北道別，讓故鄉美食的好滋味伴著她飛回太平洋彼岸；而這次她毫無食慾，早早地入關，只在免稅店為鄰居瑪莉夫婦買了件小禮品，就到登機門前等候上機。登機後她突然陷入莫名的悲哀，想起那位曾幫她放行李的人，她要如何向他說明自己內心的不安呢？她不敢細想，卻又睡不著，決定吞下半粒安眠藥，她要讓自己停止煩惱。飛抵美國由機場出關後已近午夜，她沒通知張老師來接機，鼓起勇氣找了輛計程車，在車上打了個電話給鄰居瑪莉：「嗨！親愛的，我提前回來了，剛下飛機，大約四十分鐘後，妳和史蒂芬在門口等我好嗎？」佩芬很確定，瑪莉的歡笑聲已滿溢到電話外，她知道瑪莉夫婦是夜貓子，自彼得走後瑪莉就告訴佩芬，無論多晚有事就找他們，其實這電話是打給計程車司機聽的。到家了，打開行李箱時首先映入眼簾的是那包布料，佩芬將布料放在茶几上後，整個人呆坐在地毯上，這趟返台她唯一帶回來的東西，竟伴隨著無盡的徬徨。

次日佩芬起床時已近中午，她沒外出購物，怕在市場遇到張老師，於是叫了些外賣，夠吃兩天的。透過窗外射進的日光，她清楚看到傢俱表面被灰塵覆蓋，甚至深呼吸中也嗅到灰塵的氣味，很濃！而且，不像她出門時那麼歡愉，如今的灰塵中帶著濃重的心事，飛不高也揚不遠。佩芬戴上口罩，拿起抹布來擦拭。不知過了多久，她來到櫥櫃前，拉開玻璃門，首先拿出那張照片，彼得和她的合照——他一手摟著佩芬，一手插在口袋裡，那是他倆最後一張正式合照。後來彼得中風、病倒，一病不起。佩芬將鏡框拿在手上不停地擦拭，後來索性坐到沙發上，將鏡框摟入懷中，她的記憶也回到從前。

就在佩芬的飛行員丈夫過世約一年後，她才又回到學校，但因身體依然虛弱，她擔任的課程不多，只是兼課老師；直到三年後她的體力逐漸恢復，又逢學校擴大招生，她才再度成為學校的正式老師。誰知不久佩芬母親被診斷出乳癌末期已轉移到肝臟，幸好當時是暑假，佩芬全心全意照顧母親兩個月後，母親過世了。也許是數年磨練的結果，佩芬承受喪親的能力增強許多，很快恢復正常生活，並決定要在週末開繪畫班，收些想學國畫的學生。她個人雖不再畫彩色牡丹，卻偏愛上畫竹，日子過得也算充實。婚後忙著相夫教子的妹妹佩玲，常打電話問候姐姐：「姐！抱歉！我太忙不能去陪妳，妳要多保重，有好的對象要把握。」其實佩芬也想過再嫁，但談何容易！

一晃又是幾年過去了，佩芬在當地已成為一位小有名氣的畫家，前來求教的學生日漸增加，甚至有位當地國立大學的交換學生也來拜師。這位名叫安妮的年輕美國女孩很是可愛，俏麗的短髮，輕鬆的穿著，見人就露出親切笑容，一雙靈動的大眼，對任何事都充滿好奇心。平日除在學校學中文外，還迷上了台灣的布袋戲與中國畫。因為她程度較淺，佩芬特別為她單獨開課。安妮活潑熱情，學高興了就摟著佩芬大叫：「親愛的！我好愛妳！」

她的到來為佩芬增添許多樂趣，雖然她學了半年仍停留在基礎級，但佩芬對她疼愛有加。一個燠熱的午後，並非安妮的上課時間，卻見她帶著一位高大的美國男士來找佩芬，一進門就大聲嚷著：「老師！my uncle要買妳的花。」佩芬被她問得一頭霧水，半天才弄清楚安妮是帶叔叔來買「畫」的。佩芬記得安妮曾說過：「我的家族人中，有多位長輩曾來台灣與香港傳教，因此非常喜歡中國文化與美食，還有位長輩常來台灣經商。」安妮說的長輩正是當天她帶來的這位彼得叔叔。那天彼得想買幅熟識畫家的中國畫送給客戶，所以找到佩芬。佩芬說當時手邊沒有合適畫作，但答應為他畫一幅，不過只能收裱褙的費用。三個月後安妮陪叔叔來取畫，看到的正是一幅提名為《蘭蕊伴竹生》的絹裱掛軸，畫上三叢吐蕊蘭草錯落有致地依偎在竹枝旁，竹葉茂密，有的墨飽神濃，有的色淡而清朗，神態自若地與仰首吐蕊的蘭草相呼應。佩芬將畫展示給彼得看的同時解釋說：「竹在中國傳統文化中象徵著堅強的生命力與誠實正直的品格，蘭花是花中君子，這幅畫是讚美人有好品德，你送給你的客戶，他一定喜歡。我除了在畫上具名落款外，也寫上那位客戶的大名，是很正式的一幅贈予友人的畫作。」彼得非常喜歡這份好禮，也因此拿下不少訂單。數月後，安妮陪叔叔專程來看佩芬，並送來一盒巧克力，雖然後來這盒巧克力大多數落入安妮口中，但佩芬至今仍記得此事。

因為中國開放市場後的商情大好，彼得來亞洲的次數更頻繁，索性在台北成立辦事處並租屋居住。此時安妮已回國，彼得卻常來看佩芬，因為在台灣經商多年，彼得能說流利的中國話，與佩芬交談完全沒問題。彼得曾有過一段婚姻，離婚後一雙兒女跟著前妻，他忙於生意也沒空認真交女友。佩芬覺得彼得身材雖高大個性卻極溫和，言談舉止均十分體貼。他常常靜靜站在一旁看著佩芬作畫，尤其愛看佩芬畫竹，看著她用粗細不同的毛筆先畫竹根，再點節、出枝，一根竹竿就完成了，他總說：「好神奇！」彼得來看佩芬時從不多談他的生意，總關心佩芬的生活起居，還請佩芬教他些國畫的基本知識，佩芬能察覺出彼得很認真地想與自己在心靈上做溝通。他的這份誠心感動了佩芬，一年後他們結婚了。妹妹佩玲趕來參加婚禮，摟著佩芬說：「姐！祝妳幸福。」

婚後的佩芬的確幸福，彼得很疼愛姐姐，每逢週末總是由台北南下來陪佩芬，婚後不久佩芬也結束了繪畫班，彼得忙時或遇到長假她就北上，既可陪丈夫又可去看妹妹一家人。彼得熱愛旅遊，這個愛好也影響了佩芬，夫妻二人遍遊台灣名勝，在梨山、溪頭、阿里山等地欣賞晨曦與暮照的情景是佩芬最難忘的。她曾在觀賞阿里山日出後對彼得說：「謝謝你！我以前住處離阿里山不遠，但我從沒來玩過，你讓我的生活充滿活力與希望，我好開心！」彼得聽後給她一個深情的吻，兩顆曾經孤獨的心緊緊地靠在一起。為了生意，佩芬也常利用假期陪彼得去大陸洽商，順便遊山玩水。暑假期間他們也專程去大陸旅遊，由長江三陝玩到雲南麗江，再由四川峨嵋玩到蘇杭。彼得還特意陪著佩芬上黃山，為佩芬從不同角度拍照，供她作為畫畫的素材，那是佩芬一生最快樂的時光。

就在佩芬準備退休的前一年，彼得對她說：「我準備將生意重心轉至南美，妳願和我一起搬回美國嗎？」佩芬說：「我當然會和你一起走，只是，請等我一年，我就可辦退休了。」這一年間佩芬兩度來美，彼得在佛羅里達海邊買了棟房子，等待佩芬退休後搬來定居。時間過得很快，佩芬退休後移居美國，與彼得朝夕相處的日子很是愜意。他們的住處與海邊間有個小公園，彼得總愛陪著佩芬去公園散步。那天佩芬在公園裡看見一個雙人椅，材質是漆著原木色的厚木條，配著深綠色的鐵架支撐著，看起來厚重又舒適。細心的佩芬在椅背發現一塊鐵片，上面寫著幾行字——原來這椅子是一位叫羅拉的女孩送的，為了紀念她的父母。她的父母生前每天都來此看夕陽，老人家很愛這兒的夕陽美景，卻苦無椅子可坐，總不能盡興觀景。如今兩老過世，女兒捐個椅子紀念父母也使他人受惠。佩芬看了很感動，對彼得說：「中國人將人的晚年比作一天中的夕陽時分，其實夕陽很美，我希望我倆總能一起來看夕陽。」彼得記住佩芬的願望，只要有空總陪她來看夕陽。此外，他倆也在南美許多國家觀賞夕陽美景。每次沉醉在夕陽美景中時，佩芬總想著，兩人在夕陽下的背影定是美好的。

數年後，彼得小中風，經過復健已能慢慢行走。為了方便佩芬獨力採買購物，彼得決定賣掉生意，搬到華人較多的城市。住定後佩芬發現離家不遠處有個人工湖，於是每天推著坐輪椅的彼得一起來看夕陽。那時彼得總緊握著佩芬的手，兩人安安靜靜地看著夕陽落下地平線。一日佩芬回頭瞄了一眼，發現她站立時的影子比坐輪椅的彼得高了一倍，她暗暗地想：「還好！還不至於行單影隻。」

想到這兒，佩芬緊緊地摟著那相框，她不知自己與彼得的感情竟如此深！到底今後該如何？她還沒想好，是要行單影隻呢？還是……。

語言文學類　PG2467　北美華文作家系列36

旅見人間事

作　　者／陳玉琳
責任編輯／洪聖翔
圖文排版／陳秋霞
封面設計／劉肇昇

發 行 人／宋政坤
法律顧問／毛國樑　律師
出版發行／秀威資訊科技股份有限公司
114台北市內湖區瑞光路76巷65號1樓
電話：+886-2-2796-3638　傳真：+886-2-2796-1377
http://www.showwe.com.tw
劃撥帳號／19563868　戶名：秀威資訊科技股份有限公司
讀者服務信箱：service@showwe.com.tw
展售門市／國家書店（松江門市）
104台北市中山區松江路209號1樓
電話：+886-2-2518-0207　傳真：+886-2-2518-0778
網路訂購／秀威網路書店：https://store.showwe.tw
國家網路書店：https://www.govbooks.com.tw

2020年11月　BOD一版
定價：360元

國家圖書館出版品預行編目

旅見人間事 / 陳玉琳著. -- 一版. -- 臺北市 :
秀威資訊科技, 2020.11
面 ;　公分. -- (語言文學類) (北美華文作家系列 ; 36)
BOD版
ISBN 978-986-326-857-4(平裝)

863.55　　　　109014858

讀者回函卡

感謝您購買本書，為提升服務品質，請填妥以下資料，將讀者回函卡直接寄回或傳真本公司，收到您的寶貴意見後，我們會收藏記錄及檢討，謝謝！

如您需要了解本公司最新出版書目、購書優惠或企劃活動，歡迎您上網查詢或下載相關資料：http:// www.showwe.com.tw

您購買的書名：________________________________

出生日期：________年________月________日

學歷：□高中（含）以下　□大專　□研究所（含）以上

職業：□製造業　□金融業　□資訊業　□軍警　□傳播業　□自由業

□服務業　□公務員　□教職　□學生　□家管　□其它_____

購書地點：□網路書店　□實體書店　□書展　□郵購　□贈閱　□其他

您從何得知本書的消息？

□網路書店　□實體書店　□網路搜尋　□電子報　□書訊　□雜誌

□傳播媒體　□親友推薦　□網站推薦　□部落格　□其他__________

您對本書的評價：（請填代號　1.非常滿意　2.滿意　3.尚可　4.再改進）

封面設計____　版面編排____　內容____　文／譯筆____　價格____

讀完書後您覺得：

□很有收穫　□有收穫　□收穫不多　□沒收穫

對我們的建議：________________________________

____

____

____

請貼
郵票

11466
台北市內湖區瑞光路 76 巷 65 號 1 樓
秀威資訊科技股份有限公司 收
BOD 數位出版事業部

……………………………………………………………………………

（請沿線對折寄回，謝謝！）

姓　　名：＿＿＿＿＿＿＿＿　年齡：＿＿＿＿　性別：□女　□男

郵遞區號：□□□□□

地　　址：＿＿＿＿＿＿＿＿＿＿＿＿＿＿＿＿＿＿

聯絡電話：(日)＿＿＿＿＿＿＿＿(夜)＿＿＿＿＿＿＿＿

E-mail：＿＿＿＿＿＿＿＿＿＿＿＿＿＿＿＿＿＿